1 思前想後篇

1.1 為甚麼要「旅居」台灣？

近年移居台灣的話題甚囂塵上，香港人都在探討移民的可能性。我會喜歡台灣，並不是不愛香港，而是因為台灣更適合我，這邊的文化創意資源豐富，對作家來說，簡直是天堂。再加上香港鄰近台灣，往來航班和巴士一樣頻密，感覺只是去了一個鄰近的城市，並非離鄉背井，家人和朋友來見個面也很方便。

自從 2014 年台灣內政部收緊移民政策之後，香港及澳門居民不能再以存款新台幣五百萬的方式申請移民。坊間傳媒及書刊眾說紛紜，但以我所知，除非以直系親屬的資格申請，否則很難拿到台灣的「定居證」。「居留證」和「定居證」之間有很大的差別，前者有期限，亦不一定准許你在台灣受僱。當然，可能有些偏門的方法，大家欲知詳情就要另請高就。

「移民」畢竟是重大的決定，關卡重重，程序複雜。故此，「旅居」未嘗不是一個選擇，程序也簡單得多，只須申請一本「入出境許可證」，就可以在台灣逗留三個月。我當初就是以「旅居」的方式抵達台灣—— 2010 年底，我隨便收拾行李箱，用航空里數換了一張機票，當天就立刻出發，真是有夠瀟灑的。

話說回來，當時真的好像受到一股神秘的力量驅使，我覺得只要過去台灣，人生就會改變，結果我真的在這裡受到啟蒙，尋回自我，做人少了很多怨氣。

1.2 為甚麼寫這本小冊子？

每個人的喜惡都不一樣，我無法保證你會像我一樣愛上台灣。未在台灣住過，就決定移民台灣，在我眼中是很魯莽的決定。就像結婚一樣，閃婚往

往沒好結果，要先拍拖談戀愛，試一試合不合，才做出移民這麼重大的決定不遲。

我撰寫這本小冊子的目的，就是祈望以過來人的經驗，幫助真心喜歡台灣的香港人，教他們初步以「旅居」的方式來更了解這片土地。

我也想借這個機會告訴正在猶豫的朋友，只要你有勇氣踏出一步，就有可能做得到，這一切並沒有想像中般困難。

現在是全球化的時代，為了適應這個時代，個人的生活可以超越地域的界限。

離開一下熟悉的地方，嘗試體驗一種嶄新的生活，放鬆自己，充一充電，親自看一看台灣是否恰如想像一般美好的地方。

也許就在暫別之後，你會發現自己更愛香港。

天航

特此聲明

本小冊子內容力保準確無誤，但政府政策或許隨時更新，請務必自行留意當局訊息，或直接向當局查詢。

生存在地球上始終會有危險，在外遊期間更要格外慎重，並遵守當地法律，切勿鋌而走險做傻事。

－主編簡介－

天航，香港作家，2010 年以旅居方式住在台灣，在台北結識 E 小姐，三年後兩人共偕連理，婚後定居台北。兩人之間的搞笑愛情故事，見於《遇見妳，是我最大的福氣》一書（本港各大書局有售，但極為稀有，已絕版）。

2 事前準備篇

2.1 「入台證」vs「入出境許可證」

香港人在網上申請「入台證」入境台灣，最多只能逗留三十天。

如果香港人想在台灣逗留三個月（九十日），就要到位於金鐘道 89 號力寶中心第 1 座 4 樓的「中華旅行社」申請「多次入出境證」，即是「入出境許可證（Entry and Exit Permit）」。任何曾成功入境台灣的香港人，都合乎申請資格。

「入出境許可證」是一本淺藍色的簿子，入境台灣時，移民署櫃台的職員會在簿子的方格裡蓋章，顯示你的入境日期；當你出境時，職員亦會在簿子上蓋章，顯示出境日期。

逗留期限屆滿前，只要離開台灣一天（不能當天來回），再返回台灣，即可重獲三個月的逗留期限，直至「入出境許可證」的效期結束為止。如果擔心自己算錯，可致電移民署，由那邊的職員幫忙確定。

此外，如有特殊事故無法出境，可向移民署申請延期（必須提前辦理）。

TIPS 停留台灣的有效期計算

「入出境許可證」的有效期為 90 日，計算方法就是入境當天的日子加一。例如在 5 月 10 日入境，則自 5 月 11 日開始計算。

申請「入出境許可證」

需帶備甚麼文件？	1. 有效期六個月以上的護照 2. 曾經使用過的入台證 3. 照片（3.5 x 4.5cm） 4. 香港身份證（正本及影印本）
往哪個部門辦理申請？	地點：中華旅行社 地址：香港金鐘道 89 號力寶中心第一座 4 樓 電話：2525 8316 辦公時間：星期一至四 08:30-17:30 星期五 09:00-17:00

申請「入出境許可證」流程

Step 1

到達中華旅行社，向櫃位索取「中華民國台灣地區入出境申請書」及購買回郵信封；也可在網上下載表格，預先填妥。

Step 2

現場會有填表範例。表格上的「僑居地址」就是香港的聯絡地址；「來台後住址」一欄寫上暫定的住址或旅館地址即可；「申請事由」可勾選「觀光」。由於移民署需了解你的親屬狀況，表格上需填寫父、母、配偶及子女的姓名及其出生年、月、日。

Step 3

排隊遞交表格、應備文件、回郵信封及申請費用。申請人可選擇一年或三年期限的「入出境許可證」，前者費用為 HK$270，後者費用為 HK$570（截至 2017 年 3 月 20 日網上資料）。

Step 4

如核准申請，「入出境許可證」將會以掛號方式寄到回郵信封上的住址，需時約 7 至 14 個工作天。

逾期居留

逾期居留是嚴重罪行，有可能即時被褫解出境，對往後入境台灣會造成阻礙。建議在手機設定提示，慎防逾期居留超過三個月。

不許受僱

香港人以「入出境許可證」的簽證方式入境台灣，不可以在台灣受僱，否則等同黑工，即屬違法。

持「入出境許可證」者可逗留台灣 90 日

2.2 申請「統一編號」

甚麼是「統一編號」？	在台灣買東西，常會被問：「要不要『統一編號』？」簡單來說，「統一編號」就是一組 ID，由政府發給公司或外籍人士的登記號。
「統一編號」有甚麼用？	外籍人士在台灣申請銀行戶口、申請駕駛執照及報稅，都需要「統一編號」。
申請需帶備甚麼文件？	1. 護照 2. 入台證 3. 香港身份證（正本及影印本） 4. 「中華民國統一證號」申請表 （可於「台灣內政部移民署」網站下載）
申請費用是多少？	免費
往哪個部門辦理申請？	地點：中華民國內政部移民署 地址：台北市中正區廣州街 15 號 （捷運小南門站 2 號出口） 辦公時間：星期一至五 08:00-17:00 * 其他縣市的移民署亦可辦理

申請「統一編號」流程

Step 1

依正常途徑入境台灣。

Step 2

帶同護照及入台證，親自到移民署，直接向正門附近的櫃位職員查詢。

Step 3

填妥申請表格，提交所需證件，等待約 10 至 20 分鐘。

Step 4

收到一張有蓋章的打印紙，紙上會有「統一編號」，即已辦妥！

TIPS 預先申請「統一編號」

先申請「統一編號」，再申請「入出境許可證」，許可證上就會有你的「統一編號」，在台灣的公關機構辦事就會方便得多。如果有心在台灣旅居，趁著自己到台灣旅行，不妨到移民署一趟，花一點時間申請「統一編號」！

下載「中華民國統一證號」申請表

網站	網址
中華民國內政部移民署	www.immigration.gov.tw

WEBSITE click for more

2.3 銀行開戶

如前文所述，外籍人士必先要申領「統一編號」，才能在台灣各大銀行開戶。開戶之前，亦要先辦妥一支手機號碼，以便銀行聯絡。大部分銀行的開戶最低金額為台幣一千元，一般來說都免收年費。

部分銀行可能不接受非本地居民開戶，請務必先致電確認；某些銀行的分行，職員亦可能不熟悉幫香港人開戶的程序，所以到銀行總行申請比較穩妥。開戶時，可順便申請網上理財。

以前到台灣銀行辦理手續都要帶印章，但現在大部分銀行都接受簽名，提款及存款服務基本上和香港的差不多。

辦理銀行開戶手續

需帶備甚麼文件？	1. 攜同「統一編號」 2. 在台聯絡的手機號碼 3. 部分銀行開戶最低金額為 NTD1,000
如何提款及匯款？	台灣的銀行都有聯網，只要手持銀行卡，都可以在任何一台 ATM 上使用，包括提款及匯款服務。 如果要轉帳到別人的帳號，必須知道對方帳號所屬的銀行，每間銀行都有固定的編碼，譬如台灣銀行的編碼就是「004」。 各大便利店及捷運站出口都設有 ATM，非常方便。

"TINHONG's SHARING"

現時台灣五大銀行為台灣銀行、土地銀行、合作金庫、第一銀行與華南銀行。而我本人則使用台北富邦及中國信託銀行。

銀行關門時間

注意台灣的銀行通常在 3:30pm 關門。

開戶選址

有時候必須回到開戶的分行，才能辦理特定的銀行服務。在此建議必須慎選開戶的分行，或者直接到總行辦理，最重要是地理位置方便。

2.4 申請支票簿及信用卡

除非在台灣有受薪工作，否則幾乎不可能申請到支票簿或信用卡。當然，我不排除有偏門的方法，但以我所知真的無法申請。

2.5 網上理財

香港的銀行都有網上及電話理財服務。如果懶得在台灣開銀行戶口，在台灣只靠香港的銀行卡也可生存。注意出發前，記得申請網上理財，這樣一來就算身在台灣，也可以管理香港的銀行帳號。

如欲使用香港銀行卡在台灣當地的 ATM 提款，便要記得啟用「海外提款服務」，設定「每日提款限額」。如果忘記申請，亦可透過電話或在網上啟用「海外提款服務」

2.6 申請駕照

如欲在台灣駕駛，有兩個方法：使用「國際駕駛執照」，或用「香港駕駛執照」換領「台灣駕駛執照」。注意只以「入台證」或「入出境通行證」入境者，不可在台灣考駕照。必須要有「居留證」或「定居證」，才能在台灣考駕照。

其實旅居人士沒必要在台灣買車，租車是比較可行的做法。「和運租

車」及「格上租車」都是比較大型的租車公司，在各大縣市都有分部。租車時，可一併租用衛星導航，駕駛時最好有人在旁幫忙看路——駕駛者旁邊的位置，台灣人稱之為「副駕駛席」。在台灣開車有一定的難度，必須慎加注意。〔有關「申請駕照」詳情，請參閱「4. 交通篇之 4.5 自駕須知」內容部分。〕

小心駕駛

如果只是旅居，不建議在台灣駕駛，否則一旦出事，將會惹上很大的麻煩，包括刑事責任。如果你是資深駕駛者，又很想在台灣開車，建議可參加當地的駕駛班補課，並且切記要在車頭安裝行車記錄儀。〔關於台灣交通的情況，可見《觀城記》〈殺人工具〉一文。〕

2.7 旅遊保險

出發前購買，本港大部分銀行和保險公司都提供離境六十天的旅遊保險，價格由港幣八百元至二千元不等。

2.8 個人印章

在台灣簽署契約需要個人印章，如果想在台灣租房子，最好先準備一個私人印章。

刻印章店到處可見，不到十分鐘，就可以做好一個簡單的私人印章，費用不會很貴（除非你要求的是象牙印章）。

印章名字

印章上的刻字必須與護照的名字相同。

2.9 台灣過關注意事項

入境分為「綠線」及「紅線」通道。遇到以下情況，旅客必須走「紅線」通道通關：

1） 攜帶新台幣逾十萬元；

2） 攜帶外幣現鈔總值逾等值美金一萬元；

3） 菸、酒逾免稅限額超標（最多捲菸二百支或雪茄二十五支或菸絲一磅；酒一公升。未成年人士不准攜帶）；

4） 攜帶行李物品總價值逾免稅限額台幣二萬元；

5） 攜帶黃金價值逾美金二萬元；

6） 攜帶人民幣逾二萬元；

* 以上是以個人為單位計算

2.10 出境辦法

香港居民最久可在台灣逗留三個月，離境一天之後，翌日重新入境，三個月的限期就會重新計算。只要是離開台灣本土就可以，並不一定要回去香港。

TIPS 出走台灣鄰近國家

台灣比香港更鄰近日本和韓國，近年多了很多廉價航空的航線，譬如樂桃航空、釜山航空、虎航及酷航等。有心在台灣旅居的朋友，不妨利用人生這個難得的機會，順便周遊一下東亞諸國吧！

逾期居留

逾期居留是嚴重罪行，有可能即時被褫解出境，對往後入境台灣會造成阻礙。建議在手機設定提示，慎防逾期居留超過三個月。

3 租屋篇

3.1 在台灣租屋

單看房價，台北市的房市好像比香港便宜一點。房價要與人均收入掛鉤，這樣比較才算公平。根據 2017 年 4 月內政部不動產資訊平台所發布的房價負擔能力指標統計數據，台北市房價所得比為 15.47 倍，即是說台北人要不吃不喝十五年才買得起房子。而按《2017 國際房價負擔能力調查報告》，香港的數字是 18.1 倍，也就是說台北市的房價和香港不遑多讓！

但是，以「租金／房價」來比較的話，台灣的房子幾乎是全世界最便宜。根據 Global Property Guide 網站的統計資料，台灣目前房價租金比為 64 倍，也就是說買了一個單位，要出租六十四年才能回本，租金收入比低到不可思議的地步。

結論是甚麼？就是在台灣租房子很划算！以台北市為例，只要付得起港幣五千元左右的租金，就能找到不錯的公寓單位。如果選擇鄰近的新北市，付得起香港劏房的租金，你絕對有可能找到四百平方尺以上的單位。

外國人可以在台灣租屋嗎？答案是可以的，不過有難度。因為大部分屋主都要求一年租約，未必樂意短期出租。但世事無絕對，像台北市和新北市，近年大興土木，市面有不少租不出去的空置單位。只要你夠誠懇，或者可以打動屋主——有時候誠意不得不和金錢扯上關係，只要你能證明自己有財力繳付租金，屋主就會安心。事實上，某些在租屋網站刊登的廣告，都會註明接受短期租賃，不過租客要有心理準備，短租的話，租金一般較貴。如果有心來旅居，建議要逗留六個月以上，這樣就比較容易找到滿意的房子。

台灣人慣用的面積單位是「坪」，一坪大約等於一張標準雙人床的大小，換算公式就是「1 坪等於 35.7 平方公尺」。其實有個比較容易記的速算法，按照上述公式，14 坪等於 500 平方公尺，假如看見 30 坪的物業，30 等於 14 的兩倍加二，粗略估算，就知道面積落在 1,000 至 1,100 平方尺之間。

坪與平方公尺對照表

坪	平方公尺
1	35.7
14	500

3.2 台灣租屋網站

台灣人較常用的找租屋網站

WEBSITE click for more

網站	網址
591 租屋網	www.591.com.tw
永慶房屋網	rent.yungching.com.tw
台灣幸福租	rent.twhg.com.tw
樂屋網	www.rakuya.com.tw
崔媽媽基金網（含租屋教學）	www.tmm.org.tw

TIPS **網上預覽居住環境**

使用 Google Map 輸入地址，配合街景圖功能，就可以一窺附近環境。

TIPS **該如何聯絡屋主或經紀？**

「LINE」是台灣最多人使用的即時通訊軟件，連阿公阿嬤都會用。只要有聯絡人的手機號碼，就可以在網上聯絡啦！

解説：以「591 租屋網」為例

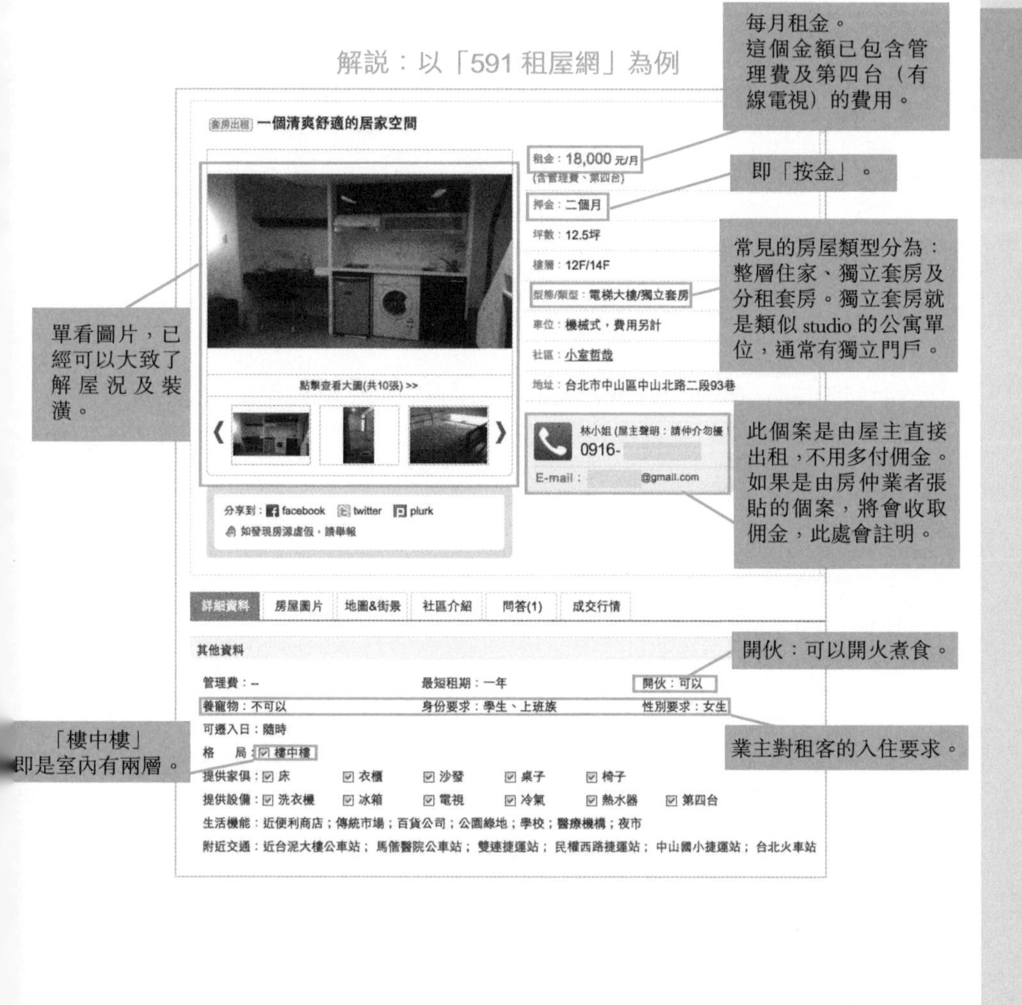

3.3 有關租屋慣用語

台灣人 / 香港人慣用語對照表

台灣人慣用語	香港人慣用語
房東	業主
房客	租戶
房子仲介員（房仲）	地產經紀
押金	按金
瓦斯	煤氣
開伙	開火煮食
社區	屋苑
商圈	生活圈

3.4 租屋注意事項

台灣比較流行在網上找房子，直接聯絡房東租屋。不過，如果是房東委託地產經紀處理的個案，經紀就會收取佣金，而這種個案未必會接受短期租賃。

租屋一定要簽署契約，這是對雙方的保障。房東使用的租屋契約，通常是便利店有售的款式，由房東與租客確定租期和租金，再自行填上契約書的空白位置。

「押金」（即「按金」）通常是兩個月的租金，這筆錢會在退租時歸還，押金的總額必須在租屋契約上寫得清清楚楚。由於旅居者在台灣沒有收入，房東可能會有所顧忌，遇上這種情況，租客可能要多付押金。

如果房東需要租客支付管理費，該金額會在租屋廣告上寫得清清楚楚，擔心受騙的話，不妨在出租前再跟房東確認一下。

基本房租以外每月與租屋相關的開支

項目	帳期
電費	兩個月一期帳單
水費	兩個月一期帳單
瓦斯費（煤氣費）	兩個月一期帳單
固網電話費	逐月繳款
網絡或收費電視台費用	逐月繳款

電費、水費和瓦斯費（煤氣費）通常由租客承擔，固網電話費及網絡費則視乎情況而定。由於旅居人士在台灣申請固網電話及網絡比較麻煩，建議請房東代為申請。要當一個精明的租客，就要在租屋前先向房東確認屋內設施。

如果對屋主的身分有懷疑，務必要求屋主出示身份證，及附有住址證明的文件（例如水費單或房屋稅單）。

另外，台灣不少老房子或舊宅不設垃圾房，住戶必須每晚在固定時間到樓下，追垃圾車倒垃圾。如果介意這種麻煩事，亦要在租屋前跟屋主好好確認。

3.5 繳付房租的方式

由於非定居人士在台灣無法或難以申請支票簿，所以只能透過銀行轉帳或以現金繳付房租。

台灣銀行數目眾多，但不同的銀行都可以互相轉帳匯款，客戶在任何 ATM 上都能操作銀行服務。

以 ATM 轉帳流程

Step 1

插入銀行卡，在螢幕上輕觸點選「轉帳」。

Step 2

輸入對方的銀行編碼
(如果只知道銀行名稱，可憑名稱查詢編碼。)

Step 3

輸入對方的銀行帳號
(最後一位是「查驗碼」，如果有誤，匯款就會失敗。)

Step 4

記得列印收據，保留證明。

* 每部櫃員機的操作畫面有異，但程序大致相同。

·以「USB 讀卡機」轉帳

台灣有一種叫「USB 讀卡機」的好東西，用戶只要啟用網上銀行服務，在家裡的電腦連接讀卡機及插入銀行卡，就可以在網上進行轉帳匯款，簡直是懶人的極致，難怪有人說台灣是御宅族的天堂。

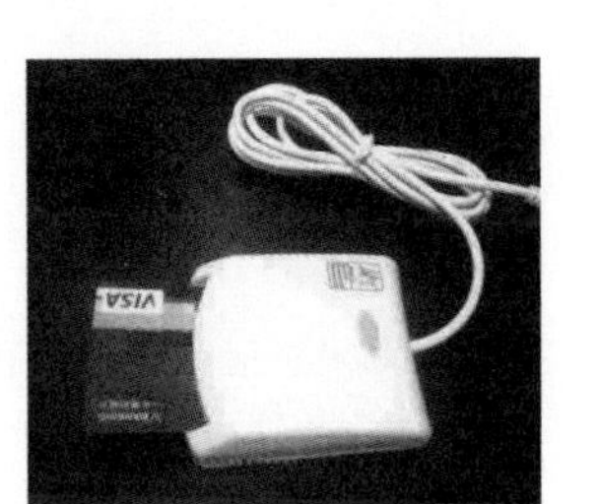

USB 讀卡機
售價約 NTD300

·以現金付房租

如果以現金方式支付房租，租客可要求房東簽名為證（租屋契約其中一頁就有這樣的欄位，如圖）。

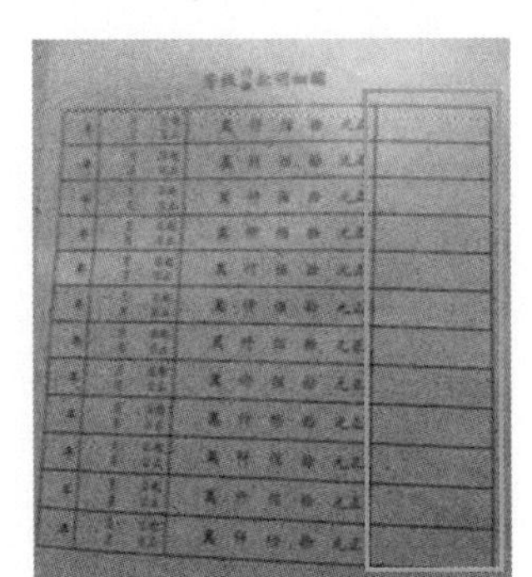

租屋契約，右欄可供房東簽名作實。

· 押金和雜費

租客給房東的第一筆錢，按規矩是兩個月押金，連同第一個月房租一併繳交。假設租金是台幣八千元，押金是兩個月房租，即是總共台幣二萬四千元。房客可在租約期滿後取回押金，但由於房東要確定房客已繳清所有水、電及瓦斯等等費用，所以這筆押金可能會延後一至兩個月後才歸還。

退租時，租戶最好留下銀行帳號，以便屋主日後轉帳。

不要做租霸

2014年發生了港女租霸在台灣搞事的新聞，要知道，傳媒最喜歡渲染這種醜聞，這樣的事難免會令台灣人對香港人產生反感。要知道，我們的目光會在別人的身上貼標籤，別人亦會在我們身上貼標籤。一個人帶著香港人的標籤身處異地，一言一行都會影響香港人的全體聲譽，所以每個人都要安分守己，不要破壞自己人的形象。

忘記付房租怎麼辦？

到時就只好「負荊請罪」。台灣人都熟讀這個成語的典故，你只要衷心表現歉意，對方還是會原諒你的。但最好還是準時繳房租，免得成為香港之恥……對了！在此提醒一下，如欲使用ATM的存款服務，存入的鈔票只會在銀行的營業時間入帳，所以如果戶口餘額不足，又碰上周末或公眾假期，就要提前入錢，否則……你自己想辦法道歉和請罪吧……

3.6 台北市各區簡介

台灣人口中的「大台北地區」，就是指轄屬台北市、新北市及基隆市的範圍。台灣整體人口大約二千四百萬，大台北地區大概有六百萬人口，即是說四分之一的台灣人都住在這裡（未計由別區來讀書及就業的人口）。

由於本人比較熟悉大台北市區，不熟的不敢胡扯，所以這本小冊子都以介紹台北市和新北市的分區為主。

用一個荷包蛋（台灣的叫法是「太陽蛋」）來比喻的話，台北市是蛋黃，新北市就是包圍台北市的蛋白。

以捷運圖來看的話，西至龍山寺站，東至南港展覽館站，北至北投站，南達景美站或動物園站，皆屬台北市的範圍。

台北捷運路網圖

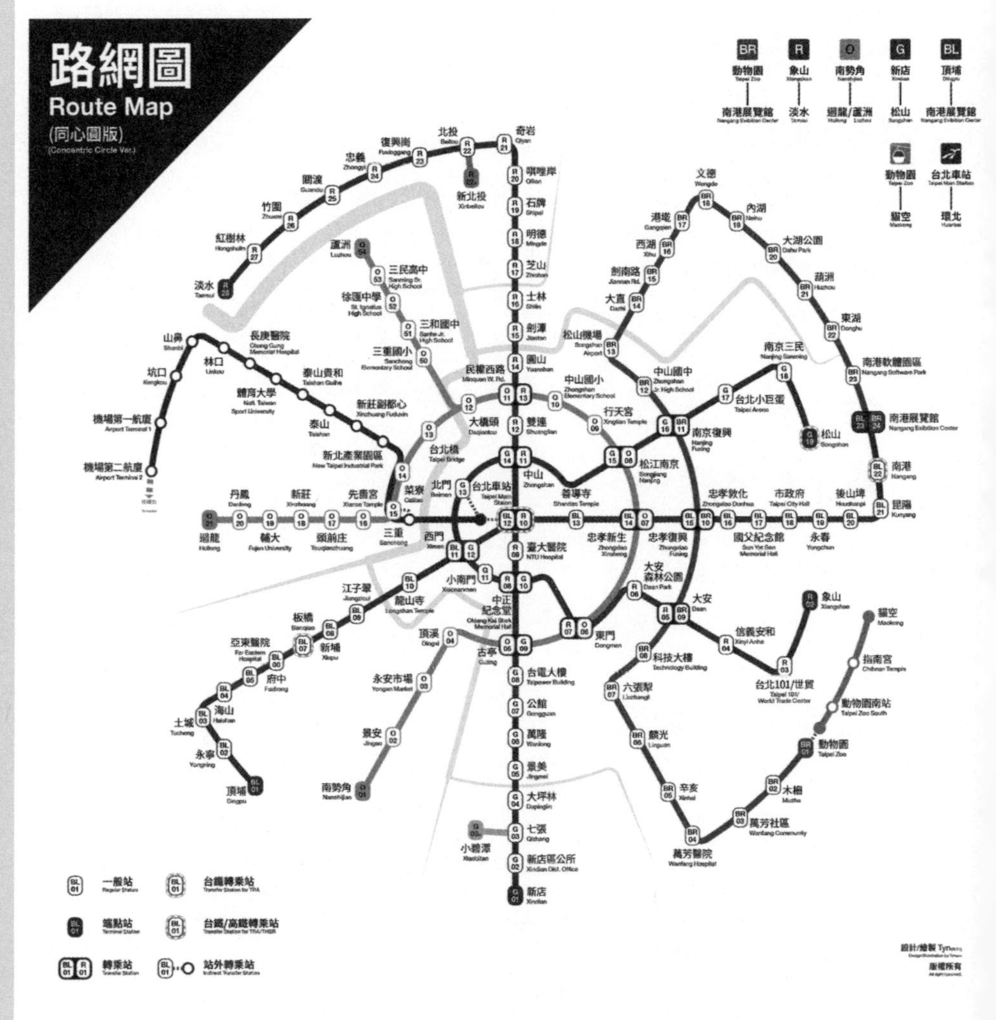

* 圖片來源：此台北捷運路網圖（同心圓版）由曾元濃製作及授權刊載

台北市素有「首善之都」之稱，總統府、行政院與立法院皆聳立於此。網上曾出現「天龍人」這個源自日本漫畫《ONE PIECE》的名稱，影射不知民間疾苦的政商權貴，但這種比喻亦套用到台北人身上，用來暗諷囂張的台北人。

台北市各區都有特色，前幾年地產炒賣火熱，各區都有不少新建的大型住宅，樓高十層以上（以台灣標準來説算高的了）。台灣地產商為了向香港看齊，很多新住宅的坪數都會「發水」，扣除公共設施（簡稱「公設」）之後，實用面積大約只剩六成五到七成左右。反而老房子沒有「發水」得太誇張，實用面積比率很高，但老房子的缺點就是沒有垃圾房，要每晚追垃圾車，而且可能沒有幫忙收取包裹的管理室呢！

台北市地圖

＊圖片來源：維基百科「台北市次分區列表」

台北市全區域簡介

地區	位置	區內捷運站	特色
中山區	市中心偏北，鄰近台北車站	文湖線：劍南路站、大直站、中山國中站、南京復興站 淡水信義線：圓山站、民權西路站、雙連站、中山站 松山新店線：南京復興站、松江南京站、中山站 中和新蘆線：民權西路站、中山國小站、行天宮站、松江南京站	花博公園、圓山大飯店均屬這一區，北至美麗華摩天輪。美麗華商圈附近一帶為「大直」，乃 1990 年代以來新興的高級住宅區。
中正區	台北市西南方	淡水信義線：台北車站、台大醫院站、中正紀念堂站、東門站 中和新蘆線：忠孝新生站、東門站、古亭站 松山新店線：西門站、小南門站、中正紀念堂站、古亭站、台電大樓站、公館站 板南線：忠孝新生站、善導寺站、台北車站、西門站	中央政府機關眾多，台大醫院、中正紀念堂、西門町和台北車站亦坐落此區，南至熱鬧的師大夜市，生活機能相當方便。
大安區	市中心偏南，台北市人口最多的行政區	文湖線：忠孝復興站、大安站、科技大樓站、六張犁站、麟光站 淡水信義線：東門站、大安森林公園站、大安站、信義安和站 松山新店線：古亭站、台電大樓站、公館站 中和新蘆線：忠孝新生站、東門站、古亭站 板南線：國父紀念館站、忠孝敦化站、忠孝復興站、忠孝新生站	忠孝敦化及忠孝新生站一帶，包括東門及大安森林公園。由於區內明星學校林立，文化氣息相當濃厚，這一區也是富人特別鍾愛的地區。
信義區	台北市的市中心與中心商業區	文湖線：六張犁站、麟光站 淡水信義線：台北 101/ 世貿站、象山站 板南線：後山埤站、永春站、市政府站、國父紀念館站	信義商圈內有十多幢大型百貨公司，又有誠品信義旗艦店，商店多到逛不完，餐廳多到吃不盡。台北 101、市政府及世貿中心皆位於此區，難怪是全台灣平均房價最貴的豪宅區，不少政商名流及藝人都在這裡置業。
松山區	台北市中心偏東	文湖線：南京復興站、中山國中站、松山機場站 松山新店線：南京復興站、台北小巨蛋站、南京三民站、松山站	台北小巨蛋、松山車站及松山機場皆位於此區，區內的饒河街夜市遠近馳名，市中心唯一的 IKEA 就在此區的南京東路。

地區	位置	區內捷運站	特色
士林區	台北市北方，台北市人口第二多的行政區	淡水信義線：芝山站、士林站、劍潭站	區內的士林夜市幾乎是觀光客必到的景點，市況熱鬧，故宮和陽明山國家公園都屬於此區。區內有全國第一流的榮民總醫院。最多外籍人士聚居的「天母」，亦是屬於這一區。
北投區	台北市最北端	淡水信義線：關渡站、忠義站、復興崗站、北投站、奇岩站、唭哩岸站、石牌站、明德站 新北投支線：新北投站、北投站	自然資源豐富，區內有著名的北投溫泉及關渡風景區，亦有眾多醫療中心。在新北投一帶，部分住宅的浴室會供應溫泉水，路上的水渠會冒出蒸氣，因此這一區特別潮濕。
大同區	台北市西方	淡水信義線：圓山站、民權西路站、雙連站、中山站 松山新店線：北門站、中山站 中和新蘆線：大橋頭站、民權西路站	台北市的老區，範圍包括大稻埕及大龍峒。
萬華區	台北市東南側	松山新店線：西門站 板南線：西門站、龍山寺站	台北市的老區，原稱「艋舺」，區內有著名古蹟龍山寺，西門町商圈也是位於此區。
文山區	台北市南郊	文湖線：辛亥站、萬芳醫院站、萬芳社區站、木柵站、動物園站 松山新店線：萬隆站、景美站 貓空纜車：動物園站、動物園南站、指南宮站、貓空站	區內多山林，景美溪貫穿其中，著名景點有貓空及台北市立動物園。
內湖區	台北市東北方	文湖線：西湖站、港墘站、文德站、內湖站、大湖公園站、葫洲站、東湖站	區內多山丘和小湖泊，環境優美，內湖科技園區有許多新建成的商業大樓，不少電視台總部都在這一區。
南港區	台北市東南方	文湖線：南港展覽館站、南港軟體園區站 板南線：南港展覽館站、南港站、昆陽站、後山埤站	綠化率最高的一區，人口較少，相對清靜。區內有南港軟體園區及南港展覽館，近年建成了中國信託總部及 Citi-Link 百貨公司，附設的美食廣場有許多著名餐館進駐。

3.7 新北市各區簡介

昔日新北市稱為「台北縣」，直到2010年，台北縣各區就全面升格為「新北市（New Taipei City）」。

台北市跟新北市由不同的市長及其團隊管理，例如台北市立圖書館和新北市的圖書館分屬不同部門，如果在台北市圖書館借的書，就無法於新北市的圖書館歸還。

由於近年台北市房價高企，新北市亦陸續發展，吸納台北市的勞動人口。時至今日，不少新北市區域都已經發展為獨當一面的市鎮，譬如板橋和

新北市地圖

＊圖片來源：維基百科「新北市行政區劃」（製作者：Xy1904312）

林口等地區有大量新樓盤，有大型百貨公司進駐，又有捷運站，交通絕對比由屯門到港島更方便。

整體而言，新北市的房租比台北市便宜，所以預算有限的朋友，新北市是非常值得考慮的選擇。

新北市部分區域簡介

地區	位置	區內捷運站	特色
板橋區	台北市西	板南線：江子翠站、新埔站、板橋站、府中站、亞東醫院站	全台灣人口最多的劃區，交通和生活機能便利，往台北車站只有四個捷運站之隔，亦有高鐵站。區內有遠東和新光三越等大型百貨公司。
永和區	近台北市，其西南邊	中和新蘆線：頂溪站、永安市場站	人口密度最高的新北市劃區，交通和生活機能方便。
中和區	近台北市，鄰近永和區	中和新蘆線：永安市場站、景安站、南勢角站 環狀線：中原站、橋和站、中和站、景安站、景平站、秀朗橋站	人口密度頗高的劃區，交通和生活機能方便。區內有國立台灣圖書館、運動公園等公共設施。
三重區	近西門町，與台北市只有一橋之隔	中和新蘆線蘆洲支線：三重國小站、三和國中站 中和新蘆線新莊主線：台北橋站、菜寮站、三重站、先嗇宮站	鄰近台北的老區，車水馬龍，區內亦有不少新建的高級住宅。
蘆洲區	緊鄰士林區	中和新蘆線蘆洲支線：徐匯中學站、三民高中站、蘆洲站	工、商業發達的新市鎮。
淡水區	台北市以北，與北投區接壤	淡水信義線：竹圍站、紅樹林站、淡水站	河光山色，區內有淡水老街及濕地公園，包括淡江大學及馬階醫院等設施。淡水河岸有不少可觀日落的咖啡館和餐廳，每逢假日都會有大量遊客湧入。每逢冬天，淡水區比較潮濕，氣溫亦比市區較低，怕冷人士必須注意。

地區	位置	區內捷運站	特色
新店區	台北市南側	松山新店線：大坪林站、七張站、新店區公所站、新店站 小碧潭支線：七張站、小碧潭站 環狀線：大坪林站、十四張站	台北近郊的新興住宅區，境內的碧潭是很適合悠閒度假的風景區。
新莊區	板橋區以北	中和新蘆線：迴龍站、丹鳳站、輔大站、新莊站、頭前庄站 環狀線：新北產業園區站、幸福站、頭前莊站	區內有田徑場，與台北市之間的交通便利，亦是人口密度頗高的區域，所以人車擁擠。
土城區	板橋區以南	板南線：海山站、土城站、永寧站、頂埔站	區內有土城工業區和頂埔高科技園區，倚山鄰溪，每天春季都會湧來賞桐花的人潮。
汐止區	台北市東北，與台北市有一河之隔，東與基隆市相鄰	---	台北市最多雨的地區，較為潮濕。區內近年建成遠雄購物中心，鄰近汐止火車站，接駁車可望在十分鐘內抵達南港展覽館站。
林口區	台北市，近桃園機場	機場線：林口站	山野風光明媚，區內有林口三井Outlet Park及長庚醫院等設施。

*以上只是部分新北市的分區，其他分區較適合遠離塵囂的隱居人士，因篇幅有限，在此略過不談。

"TINHONG's SHARING"

我初到台灣的時候，就在新北市的淡水區住了一年，之後遷入台北市，都在內湖區和南港區租房子。當年我在淡水區租的房子真是很棒，租金不到港幣四千，獨立單位落地窗，天天可以看著美麗的河景，閒時沿著紅樹林濕地保護區的單車徑，朝著日落跑去淡水捷運站，當時的風景如畫，一直深印在我的腦海裡。

4 交通篇

4.1 台北捷運

來過台北的人都知道，捷運是最便捷的交通工具，軌道橫跨台北市和新北市。

2017 年初捷運系統更接通桃園國際機場，通車後由台北車站到機場只要三十七分鐘，並且可以像香港的機場快線一樣預辦登機。

在台灣乘搭捷運，基本規則和在香港乘搭地鐵一樣，要注意的就是不要坐上藍色的「博愛座」。

有些列車不一定行駛路線全程，例如部分紅線列車會在北投站停駛，如果乘客要往淡水，就要轉乘終點站為淡水的列車。所以乘客在上車前，必須注意月台上的資訊板。

所有捷運站都設有洗手間，如果人有三急，洗手間又在閘內的話，你亦可央求站務人員讓你免費入閘上洗手間。

由台北捷運公司推出的「台北捷運 Go」行動 APP

平台	連結	QR Code
iOS	goo.gl/pKCoVK	
Android	goo.gl/qSqahP	

4.2 公車

台灣的公車主要連貫捷運無法覆蓋的地區，和香港一樣，下車前要按鈴提示司機，公車才會停站。在站牌等車，要向司機揮手，公車才會停站喔！

部分公車要求乘客在上車時付費，部分公車則在下車時向乘客收費，請留意駕駛席左側上方的電子揭示板，會有所提示。

乘客可用「悠遊卡」支付車資，如果由捷運轉乘，可享半價的折扣優惠。

公車的路線編號一般為三位數字，亦有以顏色命名的路線，像是「綠 2」和「藍 25」，這些路線的公車都會駛經同色路線的捷運站。

以下網站及應用程式可以知道台北市的公車動態，例如查詢公車的到站時間。

台北市公車動態資訊網站

WEBSITE click for more

網站	網址
我愛巴士 5284	www.5284.com.tw

Bus+（全台公車動態 & Ubike 查詢）

(((APP))) download

平台	連結	QR Code
iOS	goo.gl/5F6zeq	

台北等公車

(((APP))) download

平台	連結	QR Code
Android	goo.gl/GLdbvA	

4.3 計程車

台灣各縣市都有「叫車熱線」，計程車都分屬於不同的車隊。在大台北地區，免費叫車的專線號碼是：0800-055-850，行動電話請改撥：55850（需付費）。

當電話接通之後，請依照語音提示操作，按「1」是一般叫車服務，按「5」就可以特別要求女性駕駛者，之後再按語音輸入車隊的號碼。

如果懶得按語音鍵，可直撥車隊公司的直線電話，例如「台灣大車隊」的「叫車號碼」就是：55688。

計程車叫車系統網頁

網站	網址
台灣大車隊	web55688.55688.com.tw

WEBSITE click for more

4.4 火車及高鐵

旅居台灣期間，不妨來一趟鐵道旅行，品嚐傳統的八角形火車便當！火車的特點就是慢，但票價相當便宜。高鐵則比火車快兩倍以上，時速可達300公里，由台北到台中最快只需五十分鐘。但高鐵的票價也不便宜，由台北到台中，單程的票價大約是台幣七百元（而火車的票價是台幣三百七十五元，車程約二小時十五分鐘）。

由於高鐵只連貫台灣西部的城市，如果要去台灣東部的宜蘭、花蓮或台東，火車是不二的選擇。

乘客可在網上訂購高鐵票及火車票，或在便利店購買。

高鐵票和火車票都劃分為「對號座」及「自由座」，購買前者的乘客必須乘搭指定班次並對號入座，後者則可自由選擇班次及享受搶座位的刺激感。

網上訂購火車及高鐵票網頁

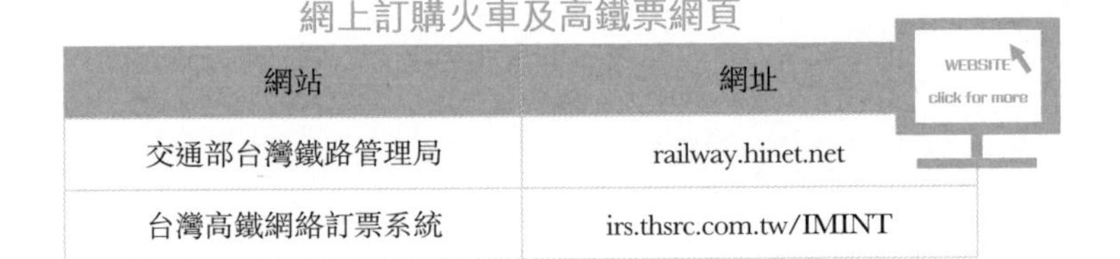

網站	網址
交通部台灣鐵路管理局	railway.hinet.net
台灣高鐵網絡訂票系統	irs.thsrc.com.tw/IMINT

TIPS 早鳥優惠

高鐵有「早鳥優惠」，提早購票，非繁忙時段最高可達六折優惠！

TIPS 乘搭接駁車備忘

- 2016 年高鐵在台北地區新增了南港站，連接捷運南港站。
- 左營站與高雄捷運系統相連。
- 台北高鐵站與台北車站位址相同。
- 由桃園高鐵站到桃園機場需轉乘接駁車，較為不方便。
- 由台中高鐵站到市區也需轉乘接駁車。

南港 台北 板橋 桃園 新竹 苗栗 台中 彰化 雲林 嘉義 台南 左營

高鐵 ⇔ 捷運

4.5 自駕須知

在台灣駕駛有兩個方法 —— 使用「國際駕駛執照」或用「香港駕駛執照」換領「台灣駕駛執照」。前者的申請程序簡單得多，在非繁忙時段的話，等待二十分鐘左右即可取件，有效期一年。假如用「香港駕照」換領「台灣駕照」，手續相對繁複，而且使用期限通常只有三個月。除非擁有居留證，否則旅居人士只憑「入出境許可證」，不可在台灣考取駕駛執照。「台灣駕駛執照」亦可在香港運輸署換成「香港駕駛執照」。

除非你是資深駕駛者，否則最好不要在台灣開車。2015 年 10 月 27 日，有一名香港女留學生在高雄市開車肇禍，誤闖進火車軌，結果令人扼腕歎息。

如果真的非要在台灣開車不可，建議先到駕駛學校補課，有教練在旁指導，熟悉當地的交通規則。

申請「國際駕照」或「換領台灣駕照」

國際駕駛執照	申請地點：香港任何一間運輸署 申請程序：帶同兩張 50x40mm 照片、香港身份證及地址證明文件，到運輸署櫃位索取表格，填妥後遞交申請，即日取件。（運輸署亦接受郵遞申請。） 申請費用：HK$80（截至 2017 年年初資料）
換領台灣駕駛執照	申請地點：台灣監理所（類似香港運輸署的政府機構） 申請程序：先到香港金鐘道 89 號力寶中心第 1 座 40 樓的台北經濟文化辦事處，遞交香港的駕駛執照正本及影印副本，需等待一天才能取得有當局認證的文件。 入境台灣後，帶同上述認證文件、照片、含「統一編號」的「入出境許可證」、個人護照及香港駕駛執照正本，到任何一所監理站辦理，即日可以取證。

駕駛訓練班參考網站

WEBSITE click for more

駕訓班	網址
台北聯合汽車駕訓班	www.updrive.com.tw
現代駕訓班	www.smile-drive.com.tw

* 讀者也可上網找到更多駕訓班自行作比較

TIPS 停車小竅門

- 劃設紅線的道路不准停車。
- 劃設黃線的道路只准臨時停車，臨停期間車主必須在車內。
- 臨時停車時，台灣人的規矩是亮起「警告燈號」，即是前面頭燈和後尾燈一同閃爍。
- 不少學校的地下會有市政府經營的停車場，電線桿經常會有停車場的方向提示，尋找停車場時可多加注意。

駕駛人士注意：交通糾紛處理

- 保持現場完整性，打 110 報警，若有傷患請即打 119 叫救護車。
- 在安全位置靜候警察到場。
- 如果車禍案件僅造成輕微車輛毀損，當事人可自行調解和協商理賠。

4.6 微笑單車（YouBike）

只要用「悠遊卡」和手機登記，就可以在市政府經營的單車站租借單車。

按台灣的交通規則，單車不能上人行道（除非是有「人車共行」的標誌，即使如此亦應禮讓行人）。

台灣 YouBike 資訊網站

網站	網址
微笑單車 YouBike	www.youbike.com.tw

WEBSITE click for more

"TINHONG's SHARING"

台灣的馬路擠滿機車和汽車，經常互不相讓，許多路段並沒有劃設自行車道，險象橫生屢見不鮮。坦白說，由於 YouBike 沒有配備頭盔，其安全性令人質疑。我家附近就有一個 YouBike 租借站，但我一次也沒有騎過這種單車。現時 YouBike 仍無意外險，租用者為求自保，可自行加重人壽及殘障保險。

微笑單車（YouBike）

4.7 Uber

由 2017 年 2 月起，Uber 在台灣經營的業務全面終止。

行人注意：開綠燈過馬路仍要小心

由於交通燈號設計問題，行人在台灣過馬路，即使行人燈號是綠色，亦有可能會有右轉或左轉的汽車駛上馬路。雖然台灣有法例規定汽車要禮讓行人，但開車的人通常有恃無恐。馬路如虎口，切記！

行人注意：台灣馬路如猛虎口

根據 2013 年的統計數字，台灣馬路超危險，死亡率東亞第一，甚至是香港的 7.3 倍。平均每 5 小時 9 分鐘，台灣就有 1 人死於交通事故。（數據來源：《天下雜誌》2017 年 3 月 1 日）

行人及駕駛人士都要注意：閃黃燈是甚麼意思？

不停閃爍的黃燈，這是台灣一種特別的燈號，意思就是「紅綠燈停用中，駕駛者和行人過路時請自行注意。」

5 通訊篇

5.1 申請手機門號

香港人來台灣旅行，向電訊公司購買的「手機門號卡」，都只屬於「預付卡」。「預付卡」就是「儲值卡」，有效期僅有半年，每當增值又可以再延期半年。除非擁有台灣的「居留證」，否則只憑「入台證」或「入出境通行證」，外籍人士都無法申請電訊公司的月費方案（這是台灣各大電訊公司的硬性規定，應該是怕外籍人士欠款溜跑）。

申請「手機門號預付卡」

需備文件	1. 護照 2. 香港身份證（或有照片可以證明身份的正式文件）
辦理地點	親臨各大電訊門市或 7-11 申請，在桃園機場及高雄機場亦設有電訊公司的櫃位。
增值方法	1. 直接到電訊公司增值。 2. 在電訊公司官方網站，使用信用卡在網上增值。 3. 在 7-11、全家、萊爾富及 OK 便利店都可以增值。

"TINHONG's SHARING"

來台灣之前，我已聽聞當地的手機通話費非常昂貴，甚至到了一個登上世界排名 Top 10 的地步。就拿我現用的通話方案來說，月費 NTD398，每月僅有 92 分鐘的通話時間，一旦超過使用額，就得支付每分鐘 NTD8 左右的費用。

如果想省錢，其實有妙招，就是盡量叫別人打給你，因為打出電話才計費，接聽電話則免錢。

由固網打出到固網，撥號一方支付的通話費大約是每分鐘 NTD0.3，但由固網打出到手機，通話費大約是每分鐘 NTD5，按秒結算，非常貴！

至於手機的流動門號，同一網絡互打都會有優惠（譬如前五分鐘免費），但打給其他網絡電訊商的門號就要付費。而手機打給固網的費用並不算在月包的通話費裡，我就試過因此中伏，多付了一千多元電話費！

5.2 申請數據上網

申請 3G/4G 上網又如何？台灣電訊公司所謂的「吃到飽」方案，就是「無限用量」的意思。可是，由於外籍人士無法申請月費方案，如果你要在台灣使用 3G/4G，基本上只能購買「預付卡」，即是一般旅遊人士在台灣購買的「行動電話卡」。

以「台灣大哥大」為例的收費表

數據類型	計日型	計量型
3G 計日型預付卡	NTD800，30 日內無限上網	3GB 用量，NTD450，有效期 90 天
4G（LTE）	NTD899，30 日內無限上網	8GB 用量，NTD1000，有效期 185 天

* 2017 月 3 月資料

各大電訊公司的網站

WEBSITE click for more

電訊商	網址
台灣大哥大	www.taiwanmobile.com
中華電信	www.cht.com.tw
遠傳電信	www.fetnet.net
台灣之星	www.tstartel.com
亞太電信	www.aptg.com.tw

TIPS

分享手機數據上網小秘技

藉由手機建立 WiFi 熱點（Hotspot），手機的數據上網可分享給其他裝置使用。

iPhone 的設定方法：
1）點一下「設定」>「行動網路」
2）點一下「個人熱點」，啟用開放
設定個人熱點後，可以自行更改密碼。若使用 iOS 8 或以上版本，可以改用 Instant Hotspot 來分享行動數據，不需開啟「個人熱點」。

Android 系統的設定方法：
【個人熱點分享】
1）點一下「設定」>「更多」>「行動網路」
2）可在設定密碼加密後，開啟「WiFi 熱點」

5.3 網上語音通話

現在網上通訊軟件五花八門，只要找到有網絡的地方，就可以和親友聯絡。香港人用 WhatsApp，大陸人用 WeChat，台灣人就偏愛用 LINE。現在這幾款軟件都開發了網上語音通話 App，基本上和親友聯絡已毫無問題，真正進入「天涯若毗鄰」的全球化時代。

"TINHONG's SHARING"

我慣用的通訊軟件是 Skype，購買月費計劃之後，即可致電到世界各地的電話號碼，話音品質算得上滿意，更重要是電腦及手機等平台皆可安裝。

TIPS 飛線漫遊

香港各大電訊商都有飛線漫遊服務，費用比一般手機漫遊便宜得多（一般漫遊約港幣 $11 一分鐘；而飛線漫遊每分鐘收費則由港幣 $1 至 $5 不等，視乎電訊商而定，需付基本月費。）

TIPS 用香港電話號碼收短訊

只要香港的電話號碼開通漫遊服務，就能在台灣接收短訊。而這種接收短訊的方式是免費的（在台灣當地發出短訊則要付費）。部分香港網上理財需要使用手機短訊認證，所以別忘了帶你的 SIM 卡到台灣。

5.4 免費 WiFi 上網熱點

台北市有眾多免費 WiFi 熱點，基本上只要找到捷運站或咖啡店，就可以不費吹灰之力連上網絡。

大部分政府機構及圖書館亦有提供免費上網服務。此外，很多百貨公司都提供免費 WiFi，例如新光三越、微風廣場和台北 101 購物中心等等。這些百貨公司的地庫都是美食廣場，接收信號都比較強，民眾可免費享用。

另外，在「Qon」網站輸入地址，可搜尋附近無線上網地點；也推介一個名叫「快速登入 Wi-Fi 熱點 (Taiwan)」的手機應用程式（Android 系統），只要打開 WiFi 即可開始上網，免除每次上網還要選擇熱點連線、開啟瀏覽器、輸入帳號等繁瑣步驟。

常見 WiFi 熱點

SSID	適用地點	簡介
TPE-FREE iTaiwan	台北市捷運站、高鐵站、圖書館、政府機關、部分公車	台北市提供的免費服務，使用手機登記帳號之後，即可無限使用。
WIFLY	7-11、Starbucks、MOS Burger、漢堡王	上網卡月費 NTD500，無限上網；另有 WiFLY Pocket 方案，年費 NTD1200，只限手機連接。
Starbucks_Free_WiFi	Starbucks	用手機登記帳號之後，即可免費使用。
ibon-WiFi	7-11、Starbucks（以 WIFLY 登入）	ibon-Mobile 用戶，儲值卡可在 7-11 便利店購買。如非儲值卡用戶，每天亦可免費享用 3 次 WiFi，每次 30 分鐘。
FAMI Wi-Fi	全省 90% 全家便利店	一連線，即可加入成為全家會員，然後每位會員每日可享用 3 次 WiFi，每次 30 分鐘。
CHT Wi-Fi(HiNet)	麥當勞、肯德基、85 度 C、丹堤咖啡門市，以及各大便利店	中華電信或 HiNet 用戶免費使用。可在便利店購買預付卡，月費約 NTD399。
APTG Wi-Fi	某些快餐店、咖啡店以及各大便利店	亞太電信用戶免費使用。

提供免費 WiFi 上網的連鎖咖啡店或餐廳

WEBSITE click for more

咖啡店	網址
丹堤咖啡（Dante Coffee）	www.dante.com.tw
伯朗咖啡（Mr. Brown）	www.mrbrown.com.tw
怡客咖啡（ikari Coffee）	www.ikari.com.tw
漢堡王（Burger King）	www.burgerking.com.tw

* 以上只是部分例子。

搜尋附近無線上網地點

網站	網址
Qon	search.qon.com.tw

快速登入 Wi-Fi 熱點 (Taiwan)

平台	連結	QR Code
Android	goo.gl/GHPocf	

5.5 傳真服務

純種的傳真機幾乎快要在世上消失，但假如你有特別的原因要收發傳真，台灣大多數便利店都有這類服務。

7-11 傳真服務收費價目

服務項目	收費
台灣地區內傳真	每頁 NTD15
國際傳真	每頁 NTD80
接收傳真	每頁 NTD8

5.6 郵局及速遞

台灣的本地郵務由中華郵政負責。一般寄回香港的郵件，郵資是台幣九至十五元，視乎重量而定；如果要寄掛號信，費用則是台幣四十至八十元左右。

寄航空郵件的話，要在信封面貼上航空標籤，投入紅色的郵箱（綠色的郵箱專門收集本地郵件）。在郵局亦可寄速遞，可選用郵局本身的速遞或與FedEX 聯營的速遞，後者的速度較快亦較貴。

全家便利商店（Family Mart）亦與 UPS 及順豐速運合作，提供廉價的速遞服務。一個寄往香港的 UPS 快遞封，標準收費大約台幣三百至四百元。

香港知名的順豐速運在台灣亦搞得有聲有色，如果喜歡順豐的服務，不妨直接與順豐聯絡，打個電話，就會有專員來到樓下取件。

郵局及速遞公司網址

WEBSITE click for more

服務供應商	網址
中華郵政	www.post.gov.tw
Fedex	www.fedex.com/tw
DHL	www.dhl.com.tw
UPS	www.ups.com/asia/tw/chtindex.html
順豐速運	www.sf-express.com/tw/tc

6 醫療篇

6.1 在台灣看病

自從台灣推行「全民健康保險」制度之後，台灣人只需每月供款台幣七百元左右，民眾就可以享有不輸於歐美各國的醫療保障，以非常低廉的費用，自行選擇到各大醫院、專科診所、牙醫或中醫診所就醫。大約台幣一百至二百元的費用，包三天藥，簡直便宜得過分，難怪人人亦開始擔心健保制度會入不敷出，恐有破產之虞。

台灣人尊稱「醫生」為「醫師」。在健保制度之下，台灣醫師的薪資僅有香港醫生的四分之一。「護士」在台灣尊稱為「護理師」，其待遇也「不遑多讓」，所以沒有真正的熱誠，真的不會加入成為杏林的一份子。

外籍人士在台灣，當然不可能享有健保制度的福利，但也未必只有羨慕的份兒。在不使用健保的情況下，外籍人士亦可到各大醫院或專科診所掛號看病，這種付費方式稱為「自費看診」。

台灣人沒有針對外籍人士而加收昂貴的醫療費，這一點可謂善舉，試想一想假如你在加拿大、澳洲等國家有甚麼三長兩短，一筆巨額的醫療費隨時令你破產。不過，如果不幸害上大病，建議還是回香港接受治療。

台灣的醫院亦分為公立醫院和私立醫院，但私立醫院不一定更好，眾多公立醫院的品質都比私立醫院有過之而無不及，即使是台灣前任總統李登輝先生，也是到公立醫院檢查身體和做手術。在健保制度下，可謂「生死門前，人人平等」。

所謂「醫學中心」，就是較大型的醫院，有齊各專科的門診。

台北市、新北市及桃園市符合「醫學中心」資格的醫院

地區	醫院名稱
台北市	1）國立台灣大學醫學院附設醫院（台大醫院） 2）三軍總醫院 3）台北榮民總醫院 4）台北長庚紀念醫院 5）國泰綜合醫院 6）馬偕紀念醫院 7）新光吳火獅紀念醫院 8）萬芳醫院
新北市	1）淡水馬偕紀念醫院 2）亞東紀念醫院 3）汐止國泰綜合醫院（精神科）
桃園市	1）林口長庚紀念醫院

"TINHONG's SHARING"

我剛來台灣的時候，也擔心自己不是台灣人，醫藥費會貴，所以延誤就醫。但有一次喉頭發炎，我實在受不了，便到耳鼻喉的專科看診。醫師幫我打針，向我喉頭噴了消炎的霧劑，連同三天份的藥，最後的結帳金額只是台幣四百元——竟然比我在香港看病還便宜！還是專科呢！

至於台灣的醫療品質，我只能說，這裡有良醫，但也有庸醫。台灣部分醫療項目的技術達到了世界級的水平，譬如港人易小玲曾接受長庚醫院的治療，恢復在菲律賓人質案中受損的容貌。

6.2 專科簡介

台灣各區都有大醫院和診所，看病通常都是看專科。

在台灣看專科的費用，亦和一般內科相差無幾，自費看診的費用大約台幣四百至六百，但如果要做 X 光或超音波等檢查，則有額外費用。

常見的專科類別

類別	病患
耳鼻喉科	耳部、鼻部、喉部和扁桃腺等相關疾病，包括喉嚨痛引發的感冒。
眼科	一般眼疾。
骨科	急救外傷、骨折及各類骨科疾病。
皮膚科	皮膚紅疹、發癢、水泡，以及一切皮膚病。
胃腸肝膽科	腸胃炎、消化性潰瘍、胃食道逆流、肝膽結石、便秘等疾病。
泌尿科	各種和泌尿生殖器相關的異常，包括性病。
婦產科	一般婦科疾病。

* 此外，部分醫學中心的門診還有心臟科、甲狀腺科、血液腫瘤科、免疫風濕科、呼吸治療科、神經內科、胸腔內科、腎臟病科、感染科等等。

6.3 掛號程序

初診，即是第一次到某醫院或診所看病，請記得攜帶「護照」或「入出境許可證」，以便護士登記資料。

在沒有「健保卡」的情況下，向櫃檯人員報備一聲「自費看診」即可。

大多數醫院都有「網上預約掛號」的服務，民眾可在網上掛號預約。到了看診當日，可在網上查詢即時的看診進度，大大省卻等候的時間。

6.4 看診程序

到櫃檯登記之後，聽候叫號，看診後領藥。

如果在大醫院看診，看診後帶同藥單到收費櫃檯付款，之後才去領藥處按指定號碼取藥。

6.5 藥單資料

根據法令，藥包上都會印上詳細的藥單。病人若對處方藥有疑慮，想弄清楚自己吃的是甚麼藥，可以上網搜尋藥物資料。

網上查閱西藥、中藥詳細資料

網站	網址
KingNet 國家網路醫院	hospital.kingnet.com.tw/medicine
台灣藥事資訊網	www.taiwan-pharma.org.tw/public/public_search.php

6.6 查詢醫師履歷

在各大醫院的官方網站，民眾都可以查出醫師的履歷，認識他的主治項目及專長。《商業周刊》亦設立了一個「百大良醫榜」，供民眾在網上搜尋良醫。

搜尋良醫網站

網站	網址
百大良醫榜	health.businessweekly.com.tw

6.7 身體檢查

大部分醫院都有「身體檢查中心」（或稱「健康管理中心」、「健檢中心」），為民眾提供身體檢查服務。健檢中心都有不同「套餐」可供選擇，最基本的檢查由台幣三千五百元起跳，如果要做胃鏡和直腸鏡檢查，費用則為台幣一萬至二萬左右。

"TINHONG's SHARING"

做健康檢查前，記得要保持空腹，我就試過因為吃飽去做血液檢查，結果驗出來的血糖指數超標！

6.8 看牙醫

在台灣看牙醫的費用，如無健保，洗牙大約是台幣一千二百元左右。幾乎所有牙醫診所都接受「自費看診」，看診前最好事前預約。

網上查閱台灣牙醫資料

網站	網址
台灣牙醫網	tw-dentist.com

WEBSITE click for more

6.9 看中醫

中醫看診的程序和到西醫診所一樣，接受「自費看診」，收費亦差不多。部分中醫診所更提供針灸、熱敷及推拿服務。

網上查閱台灣中醫資料

網站	網址
台灣中醫網	www.tcm.tw

WEBSITE click for more

7 購物篇

7.1 網上購物

在台灣，連上了年紀的阿婆都會在網上購物。台灣的物流和速遞公司規模龐大，效率迅速，早上摘取的葡萄，中午前放上冷凍專車，下午就可以送到訂購者的家。

此外，在台灣，代住戶收件是管理員職責之一，只要公寓設有管理處，管理員都會幫住戶簽收，不用特地等速遞員上門，非常方便。

根據台灣法律，網上購物的顧客都可享「七天鑑賞期」，顧客不滿意產品，可以要求無條件退貨。唯獨以下這六類產品，不能享有退貨保障：

1. 易腐敗、保存期短的新鮮商品；
2. 客製化產品，例如沖洗出來的相片或訂造的衣物；
3. 報紙期刊或雜誌；
4. 已開封的影音光碟或電腦軟件；
5. 無形的數位商品，例如電子書和線上購買的應用程式；
6. 已開封的個人衛生用品，例如衛生巾。

"TINHONG's SHARING"

大部分你想像得到的東西，都可以在網上購買，湊夠消費金額就免運費。我就試過在網上買沙發，送貨公司派了兩名員工將沙發搬上來，省掉了我很多時間和搬運的麻煩。網購實在太方便，假如你是個購物狂，在此奉勸不要嘗試，因為真的會不能自拔的……

台灣人常用的網上商店

WEBSITE
click for more

網店	簡介	網址
PChome 線上購物	台灣知名的購物網站，標榜24小時內到貨，主打數位產品和生活百貨。	shopping.pchome.com.tw
momo 購物網	主打時裝、美妝、保健及生活百貨。	www.momoshop.com.tw
PayEasy	主打美妝、護膚品及生活百貨。	www.payeasy.com.tw
Yahoo! 奇摩	台灣網路拍賣龍頭，除了拍賣的商品，亦有超級商城和購物中心，主打時裝和生活百貨。	www.yahoo.com.tw
露天拍賣	Yahoo!奇摩拍賣的最大競爭對手，站名靈感來自「露天市集」，即俗稱的「跳蚤市場」。	www.ruten.com.tw
博客來網路書店	台灣最大的網上書店，有時在實體書店找不到的絕版書，該店都可能會有庫存。	www.books.com.tw

· 網購付款方法

一般來說，可透過ATM轉帳到指定帳號，或者到便利店以現金方式繳款。部分商戶接受「貨到付款」，即是速遞員送貨上門時，會一併收取所有款項，客戶必須帶著現金在家等待。

如果懶得出門，只要買一台USB晶片讀卡機（約NTD300）〔見p.18〕，連接電腦，插進銀行卡，就可以即時在網上轉帳——是不是很方便呢？難怪宅男宅女可以一個月不出門……

· 7-11 便利店 ibon 付款流程

台灣的 7-11 便利店都設有 ibon 自助付款機，方便買家毋需列印帳單，經由簡訊通知「繳費代碼」，就可以在便利店透過 ibon 系統完成交易。

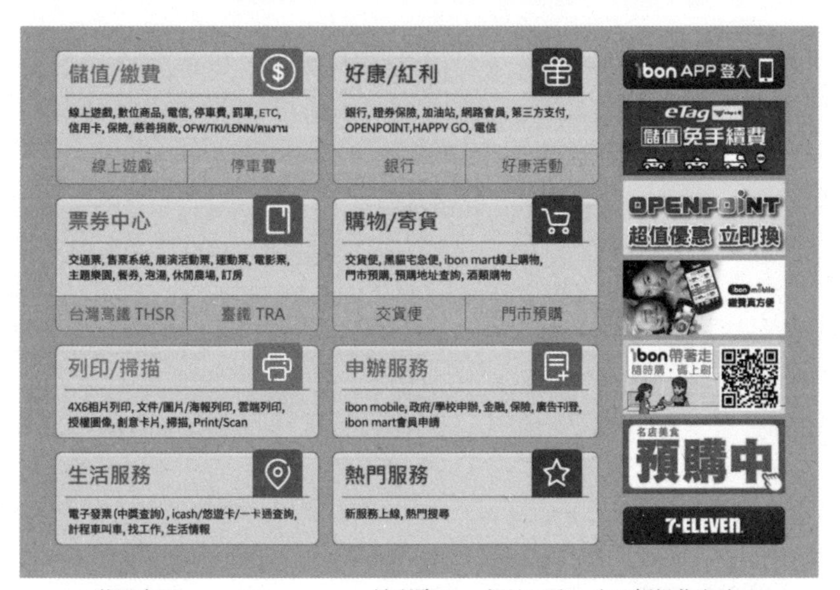

＊截圖來源：www.ibon.com.tw，請瀏覽 ibon 網站以進一步了解操作方法。

· 網購退貨怎麼辦？

注意部分網上商店會要求客戶將包裝商品送到便利店，利用店裡的站台打印退貨標籤，再交由便利店職員代為辦理。

TIPS 退貨必須保留原有包裝

收到網購商品時，記得保留原盒包裝，以便退換貨。

以下以 PChome 退貨流程為例解說退貨手續

Step 1

記得要保留商品包裝及 PChome 的包裝箱盒，
將欲退貨的商品封裝回去。

Step 2

登入網上商店，選擇「查訂單」

Step 3

選擇「退訂／退款查詢」

Step 4

選擇「退貨」，填寫退貨申請單。

Step 5

依申請次日起一個工作天內 PChome 將審核案件，
並委託宅配公司於五個工作天內
電話連絡客人及派員前往取回商品。
請注意電郵信箱及電話，如樓下有管理處，
可將封裝好的商品交給管理員代理。

Step 6

退回的款項將會自動匯入個人的銀行帳號。

7.2 影印或打印文件

在台灣，各大便利店都有影印服務，當中以 7-11 的打印服務最為方便。所以很多台灣人根本不用買打印機，有甚麼文件要印出來，到樓下隨便找一間 7-11 就搞定。按照現時的收費標準，黑白文件每張台幣二元，彩色文件則是台幣十元。此外，7-11 的影印機亦能打印 A3 尺寸的文件。

如果要影印或打印大量文件，台灣有一種叫「輸出店」的店舖，等於香港的影印店。較大規模的輸出店可以讓顧客選用特別的紙質，甚至製作月曆等紀念品。我有朋友曾經將在台灣拍的照片印製成明信片，逐一寄給朋友，相當有意思！

ibon 目前亦提供 e-mail 附件上傳列印、掃描文件、海報分割列印等服務。顧客可預先在網絡上傳檔案，取得「取件編號」後，即可至任何一間 7-11 的 ibon 站台，依序選擇：「列印掃描 > 列印圖片 / 文件 > 雲端列印 > ibon 個人文件」，再依照上述步驟取件及付款即可。

台灣便利店內的自助打印站，右為 ibon 自助付款機。

7-11 打印 PDF 流程

Step 1

尋找店內的 ibon 站台，
插入記憶卡或 USB 隨身碟。

Step 2

在 ibon 的螢幕首頁選擇「列印 / 掃描」

Step 3

點選「列印圖片 / 文件」

Step 4

選擇「檔案」

Step 5

可選「黑白列印」或「彩色列印」，
一切確認後，將會進入列印畫面，
這時候就要通知收銀員一聲，有了他們的確認，
影印機才會開始運作。

Step 6

從影印機取出打印好的文件。
ibon 站台會另印出付款收據，
帶著此收據到櫃台付款即可。

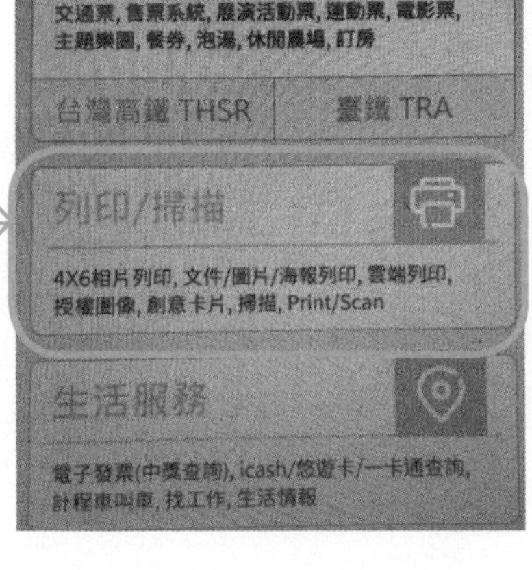

＊圖片來源：攝自便利店自助打印站顯示屏幕

7.3 日常生活購物地點

各大連鎖店清單

類別	連銷店
超級市場	全聯福利中心、頂好（即惠康）、City Super、Jasons Market Place
大賣場	家樂福、愛買、大潤發
百貨公司	崇光 SOGO、新光三越、遠東百貨、微風廣場
電器 / 電腦用品店	燦坤、全國電子、日本 BEST 電器
藥妝店	屈臣氏、康士美 (COSMED)、日藥本舖、TOMOD'S、寶雅 POYA
眼鏡店	寶島眼鏡、大學眼鏡、小林眼鏡、OWNDAYS
家品店	IKEA、NITORI、HOLA
文具店	光南大批發、久大文具連鎖、金玉堂文具批發廣場、九乘九文具專家、諾貝爾圖書城
手工藝材料店	小熊媽媽、巧藝社
39 元商店	DAISO大創生活百貨 (類似香港日本城，商品均一以NTD39發售)
書店	誠品、金石堂、墊腳石、三民書局、紀伊國屋
漫畫店	娃娃書店、雜誌瘋、墊腳石
運動用品店	迪卡儂（Decathlon）

特色市集 / 街區

類別	位置
乾貨	迪化街
布料	迪化街永樂市場及其附近
廚具	環河南路（近西門町）
3C 產品	光華商場及三創園區一帶的商圈（忠孝新生站）
相機用品	相機街（博愛路與漢口街一帶，台北車站附近）
獨立書店、咖啡室	溫羅汀（溫州街、羅斯福路、汀州街）

台北市著名的傳統菜市場（街市）

市場	地址
北投市場	台北市北投區新市街 30 號
環南市場	台北市萬華區環河南路二段 245 號
永春市場	台北市松山路 294 號
第一果菜批發市場（萬大路菜市場）	台北市萬華區萬大路 533 號

台北街市資訊網站

WEBSITE click for more

網站	網址
台北市集主題網	www.market.taipei （點選「市集基本資訊」）

TIPS 如果手機 / 電腦壞了……

香港有「高登」，台灣也有「光華商場」，位於忠孝新生站附近的光華商場和周邊街道，都是電腦和手機商舖的集結地。「燦坤 3C」在內湖區的總店亦有維修電腦的服務。

如果要維修電話的話，除了到光華商場，台北車站附近的懷寧街也有不少維修手機的店舖。

TIPS 如果眼鏡弄碎了……

戴眼鏡的人再謹慎也好，都會有不小心弄碎眼鏡的倒霉時候。「OWNDAYS」是近年進駐台灣的日本眼鏡品牌，分店愈開愈多，標榜低價及最快半小時配眼鏡服務。不過，如果你對眼鏡有很高的要求，買兩盒即日拋棄型的隱形眼鏡撐個幾天，也不失為一個辦法。

7.4 直接向農夫採購有機產品

近年台灣開始重視農業的發展，保育良田資源，農場由年輕人接手之後，也比較重視包裝和行銷，產品做得愈來愈精緻，難怪阿里巴巴都來台灣收購白米。

高價的農產品都是用有機的方式栽培，各地都有專賣有機蔬果、水果及醬料的有機食品店，銷售渠道遍及 PChome 商店街、家樂福和一般超市。

此外，顧客也可以直接向農夫下單，訂購當季的食材和果物。

農場網購站

WEBSITE
click for more

農場	簡介	網址
台灣好農	直銷在地當季農產品及醬料。	www.wonderfulfood.com.tw
SuperBuy 市集	直銷在地生產的優質農產品、小食及飲品。	www.superbuy.com.tw
永豐餘有機食材	銷售高質生鮮食材有機蔬果，包括省時料理及季節禮盒。	www.green-n-safe.com
棉花田生機園地	台北市和新北市皆有門市，其商品亦在 PChome 商店街銷售。	www.sun-organism.com.tw
有機緣地	門市集中在台北市區，其商品亦在博客來及 PChome 商店街銷售。	www.ugnd.com.tw
聖德科斯生機食品	台灣各省皆有門市。	www.santacruz.com.tw

· 農產品標籤認證

由於過往發生一連串食安風暴，台灣人變得非常關心食品來源。有見及此，分銷商和農商之間建立了一套農產品標籤的制度，由農業協會背書驗證。

農產品的認證標籤辨識

標籤圖示	安全標章名稱	簡介
	GAP 吉園圃安全蔬果	「吉園圃」來自英文「 Good Agriculture Practice（優良農業操作）」的音譯，經由 GAP 認證的產品，就是使用最合乎自然的耕作條件的農作物，亦已通過蔬果農藥殘留的檢驗項目。
	CAS 台灣優良農產品證明標章	「 CAS 」的全寫各自代表「 Certified 經驗證的」、「Agricultural 農產品」與「Standards 標準」，為國產農產品及其加工品最高品質的代表標章。
	CAS 台灣有機農產品驗證標章	證明是有機農產品。

· 追查農產品來源

只要是有 TAP 標籤認證的農產品，顧客用手機掃瞄產品上的 QR CODE，就可以追溯農商的資料；亦可透過 TAFT 的網站查詢。

認證標籤辨識

標籤圖示	安全標章名稱	簡介
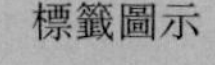 	TAP 產銷履歷	有此標籤的農產品，可追溯其生產來源，亦代表驗證機構已經親赴生產現場，確認生產過程符合規範。

查詢農產品資料網站

WEBSITE click for more

網站	網址
TAFT 台灣農產品安全追溯資訊網	taft.coa.gov.tw

7.5 食品成分標籤

由 2014 年開始，台灣衛生署對食品標示開始有極為嚴格的規定，只要是在便利店和超級市場銷售的食品，包裝上的標籤都必須詳列營養和成分。過往泡麵可能只有十種成分，但在新法令之下，廠商連調味粉有甚麼原料都要標示。有機會不妨拿起在台灣買的泡麵看一看，你會發現泡麵的成分高達五十多種原料，大部分都是一般人看不懂的化學添加物。

下表是一些較常見的食品添加物，在此略為講解，如大家有興趣深入了解，不妨自行參閱《食品中你所不知道的致命添加物》一書。

常見食品添加物簡介

添加物名稱	簡介	危險度
L- 麩酸鈉、琥珀酸二鈉、5'- 鳥嘌呤核苷磷酸二鈉、5'- 次黃嘌呤核苷磷酸二鈉	調味劑（味精）	盡量少吃
己二烯酸、己二烯酸鉀、苯甲酸、亞硝酸鹽	防腐劑	有礙健康
亞硝酸鈉	保色劑	有礙健康
二氧化鈦	著色劑	有礙健康
二氧化硫、亞氯酸鈉、偏亞硫酸氫鈉	漂白劑	有礙健康
食用色素	著色劑，雖然名為「食用色素」，但對健康不好	有礙健康
山梨糖醇	甜味劑	有礙健康

7.6 海外旅客購物退稅

適用於台灣境內停留日數未達 183 天之外籍旅客，在百貨公司或特定商家購物可以申請退稅。只限購物，餐飲消費不可退稅。

退稅率約 5%，但手續費為 14%。

TIPS 退稅計算例子

買台幣 1,000 元的東西，退稅的金額為 50 元，再減手續費 50x0.14=7，可以收到的退稅金額就是 43 元。（如在百貨公司申請小額退稅，手續費可能更貴。）

退稅方法

類別	方法
大筆退稅	到機場港口退稅服務櫃檯辦理。 （攜帶貨物出境期限：自購買日起 90 日內）
小額退稅	直接在百貨公司的專門櫃檯辦理。 應備文件： 1）入境證照 2）購物之統一發票或電子發票

8 生活篇

8.1 台灣一般物價水平

生活日用及食品例子	台幣	兌換成港幣 (匯率 1:4)
麥當勞 Big Mac	NTD79	HK$19.8
星巴克大杯 Latte	NTD150	HK$37.5
7-11 大杯 Latte	NTD55	HK$13.8
便當（兩菜一湯加條魚）	NTD100	HK$25
五星級酒店自助晚餐	NTD1,749	HK$437.3
公車（市內短途）	NTD15	HK$3.75
計程車（每公里）	NTD20	HK$5
電影票	NTD270	HK$67.5
自助式洗衣及乾衣	NTD140	HK$35
理髮洗剪吹	NTD700	HK$175
水費（月均）	NTD500	HK$125
瓦斯費（月均）	NTD800	HK$200
電費（夏天月均）	NTD1,600	HK$400
有線電視月租費	NTD594	HK$148.5

* 以作者本人的消費水平為例

TIPS 紅包派多少？

派紅包，即是香港人口中的「利是」，也是台灣文化的一部分。在台灣，紅包的金額有避忌，必須是雙數（例：3600、3800），不能有「4」這個數字，而且最少包個六百塊才算尊重對方。
過年期間，不用派紅包給樓宇看更，但派亦無妨，始終禮多人不怪。

8.2 尋找美食和旅遊資訊

· 吃與喝

台灣有一個網站叫「愛評網」，類似香港的「OpenRice」，除了有用戶撰寫的食評，也有旅遊方面的情報。點選 MENU BAR 上的「排行榜」，就可以知道現時台灣人氣最旺的食肆及旅遊景點！「愛評網」亦有推出「愛評生活通」的手機 APP 呢！

台灣的熱門餐館都要預訂，座位一般都會保留十五分鐘，如果無法依時出現，禮貌上最好還是打電話通知餐館一聲。

不少高級餐館都和「EZTABLE」這個網站合作，提供網上訂位服務，該網站亦不時售賣特價的餐飲優惠券。

「GOMAJI」是一個全台吃喝玩樂補給站，帶你體驗台灣超高人氣餐廳及景點，提供消費者團購優惠券服務。

· 玩與樂

在台灣生活期間，最快樂的事莫過於一趟療癒身心的小旅行。旅館訂房的話，「Agoda」和「Trivago」都是由國際企業經營的訂房網站，價格公道實惠，「雄獅旅遊」和「ezTravel 易遊網」都是台灣本地知名的旅行社，為顧客提供旅遊套票。

近年，「AirBnb」這個民宿網也在台灣流行起來，旅客也可在網上找到不少由屋主親自出租的民宿，但要注意的是旅客有可能和屋主一起同住，訂房時請先向屋主問清楚。對了！訂房時避開周末和連續公眾假期，就可以省下一大筆旅費。

「VZ TAIWAN 智慧觀光」App 可即時搜尋附近的旅遊景點，身在任何地方都可以找到就在身邊的好去處。

美食和旅遊資訊

網站	簡介	網址
愛評網	提供食評及旅遊情報。	www.ipeen.com.tw
EZTABLE	提供網上訂位服務，也不時售賣特價餐飲優惠券。	www.eztable.com
GOMAJI	台灣最大吃喝玩樂券平台。	www.gomaji.com
Agoda	由國際企業經營的訂房網站，價格公道實惠。	www.agoda.com
Trivago	酒店搜尋及比價系統，保證訂到最便宜的酒店。	www.trivago.com
雄獅旅遊	台灣本地知名旅行社，提供旅遊套票。	www.liontravel.com
ezTravel 易遊網	同樣是台灣本地知名旅行社，提供旅遊套票。	www.eztravel.com.tw
AirBnb	搜尋民宿的網站，也找到由屋主親自出租的民宿。	www.airbnb.com

「愛評網」APP

平台	連結	QR Code
iOS	goo.gl/gnZMzz	
Android	goo.gl/zzk5jG	

「VZ TAIWAN 智慧觀光」APP

平台	連結	QR Code
iOS	goo.gl/pmZsRE	
Android	goo.gl/fhi7Gq	

8.3 用餐規矩

台灣的餐廳大部分只做午場和晚場，會有午休時段，平日晚上九點至十點左右就會打烊。有些餐館每周都會有固定的休息日，亦有些老闆非常有性格，喜歡放假就放假。如果事前沒確認清楚營業時間，撲空是常有的事。

有的餐廳會要求顧客先付款，有的則是吃飽再付款。

台灣人口中的「自助餐」，其實是一種自助式夾菜的大眾飯堂，顧客用餐之後，需要自行回收餐具及倒垃圾。香港人口中的「無限任食」，在台灣的叫法是「吃到飽」。

其實不只是這類餐廳，部分快餐店（例如麥當勞和 MOS 漢堡），都會期待顧客在用餐後自行將餐具和餐盤放到回收處。

有些餐廳和咖啡館會有一套叫「低消」的制度，即是「最低人均消費」，要求顧客最少點一杯飲料。

8.4 發票要不要「統一編號」？

付款時，經常聽到：「要不要『統一編號』？」或「要不要打『統編』？」

「統一編號」（簡稱「統編」）就是公司的稅務 ID，有「統編」的發票才能用來報稅。

「統一發票」的設立目的是防止商家逃稅，沒有印上「統一編號」的發票如果中獎，就可以到郵局兌換現金。每兩個月開獎一次，開獎時間為單數月的 25 號，核對發票尾數的後三碼，三碼全中就可以獲得台幣二百元的獎金。每次開獎都會有特別獎，如果發票上的八碼全部相同，將可獲台幣一千萬元獎金，不過據說中獎的機會率是十億分之一，比彩券頭獎更低。

中獎幸運兒，可到郵局兌換獎金，記得帶備個人證件，領獎限期為開獎後四個月。

核對「統一發票」中獎號碼網站

網站	網址
財政部稅務入口網	invoice.etax.nat.gov.tw

8.5 在台灣找工作？

外籍人士持觀光簽證不准在台灣受僱，否則即屬違法。

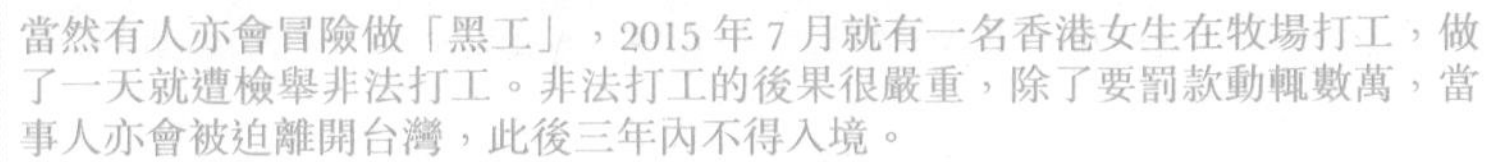

做「黑工」後果

當然有人亦會冒險做「黑工」，2015 年 7 月就有一名香港女生在牧場打工，做了一天就遭檢舉非法打工。非法打工的後果很嚴重，除了要罰款動輒數萬，當事人亦會被迫離開台灣，此後三年內不得入境。

8.6 自助投幣式洗衣店

投幣式洗衣店這種店舖，在香港比較少見，但在台灣則很普遍。尤其台北的天氣經常下雨，衣服很難乾透，自助洗衣店的乾衣機就大派用場了。

顧客需自行攜帶洗衣粉和柔軟劑，如果忘了帶，洗衣店裡亦有販賣。

洗衣的費用大約是台幣六十元，需等待三十至四十分鐘；乾衣的費用通常是每六分鐘台幣十元，烘乾衣物大約需時四十分鐘。

8.7 地址門號

香港人口中的「街號」，台灣人稱為「門牌」。

由於台灣有很多巷子，所以有些「門牌」上會有「巷號」。「巷號」和「街號」是有關連的，譬如你要尋找「太原路 97 巷」這個地址，就是應該先尋找太原路的「97 號」，然後由「97 號」鑽進去的巷子就是「97 巷」。

台灣人寄信時，會寫上「郵遞編碼」。「郵編」總共五碼，前三碼代表「縣市行政區」，後兩碼代表細分的區域範圍。

中華郵政推出的「e 動郵局」App，就可以幫你查詢 3+2 碼郵遞區號，並提供中文地址英譯功能。

「郵遞編碼」查詢網站

WEBSITE
click for more

網站	網址
中華郵政	www.post.gov.tw

「e 動郵局」APP

平台	連結	QR Code
iOS	goo.gl/JS3IiM	
Android	goo.gl/h0dPvl	

8.8 垃圾分類

在台灣街頭，每近傍晚，總會聽到《少女的祈禱》的旋律，這時候黃色的垃圾車就會停在路邊，同時出現群眾一哄而上向垃圾車倒垃圾的奇景。這就是台灣獨有的文化，住戶必須把自家的垃圾分類，在固定時間把垃圾提到固定地點等待垃圾車。

要注意的是住戶裝垃圾必須使用專用的垃圾袋，這種專用袋可在便利店或超級市場購買，分為七種型號，以五公升袋和十四公升袋最常用。

垃圾分類最基本的做法是分開「紙類」、「塑膠」和「鋁罐」。如果住在社區，社區內通常會有「垃圾收集區」，住戶按照張貼的指示處理垃圾就可以了，也不一定要購買專用的垃圾袋，有錢駛得鬼推磨，一切有專人來幫忙處理。

台北市專用垃圾袋，正面有防偽標籤。

8.9 衛生紙該丟馬桶嗎？

由於昔日舊樓宇排水系統設計不良，衛生紙扔進馬桶會有可能造成淤塞，所以大部分台灣人都習慣將衛生紙棄置在馬桶旁的垃圾桶。

現在，新建樓宇的排水系統已大大改善，衛生紙丟馬桶已不成問題。不少衛生紙品牌亦標榜可溶解於水，衛生紙包裝上都會有説明，購買時不妨注意。

與香港不同，台灣民眾常用的衛生紙是「抽取式」，即一張張抽出來。但在台灣也買得到「捲筒式」的衛生紙。

8.10 天氣報告及空氣品質監測

台灣是屢受颱風侵襲的地區，依照中央氣象局的準則，颱風強度分為三級：「輕度颱風」、「中度颱風」和「強烈颱風」。由各縣市的市長議決要不要放假，即是説有可能是台北市的民眾放假，但高雄市的民眾照樣上學和上班。由於台灣沒有「李氏力場」的保護，一旦遇上強烈颱風，放假的機會率非常之高。試過有一次柯文哲市長本來不想放假，結果民眾在他的臉書上留言施壓，最後還是聆聽民意下令放假。

以我個人的經歷，台灣的颱風比香港恐怖，傷亡事故屢見不鮮，故此在颱風期間盡量不要外出，並關好門窗。

天氣及空氣資訊網站

WEBSITE click for more

網站	網址
中央氣象局	www.cwb.gov.tw
行政院環境保護署	taqm.epa.gov.tw

8.11 遇上地震怎麼辦？

在台灣住久了，都會對地震習以為常，其實輕微的地震沒想像中可怕，有時只是屁股晃了一晃的感覺。所以，一旦遇上地震，最重要是保持鎮定，如果震幅持續，就要立即躲在桌子下或蹲在柱子旁，記得要遠離會輕易倒下的衣櫃、書架……等等家具。和遇上火災一樣，逃生避難時，應走樓梯，切勿乘搭電梯。

8.12 電壓

台灣的電壓是 110V，香港則是 220V，所以香港的電器無法在台灣使用，反之亦然。

手提電腦都是使用 110V-220V 的變壓器，所以手提電腦可在台灣使用。電器的變壓器或插頭上都會標示可輸入的電壓，只要仔細看一看，就會知道能不能用。只要電壓吻合，加上一個轉換插頭，該電器就可以如常運作。

台灣適用插頭

類型	適用電器
(A) 兩腳扁加接地腳圓型	常見用於電腦、中、大型電器上。
(B) 兩腳扁型	大部分電器用品都採用兩腳扁型插頭。

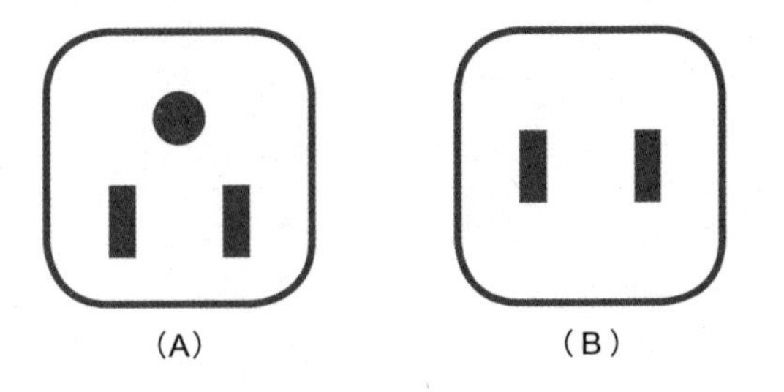

9 遊學篇

9.1 大專院校課程

從北到南，台灣大多數大專院校都設有「推廣教育部」和「語言中心」，提供短期課程，涵蓋範圍非常廣泛，外籍人士亦可報讀，善用時間充實自己。

由於台灣的大學數目眾多，在此未能盡錄，本文主要介紹某幾間台北一帶的學府所開辦的課程。

台北地區大學開辦的短期課程及興趣班

WEBSITE click for more

機構	簡介	網址
台灣大學	開辦課程主要分為管理財金類、法律類、語文類、電機類、資訊類及生活藝文類。 生活藝文類包括哲學、中醫藥膳、咖啡／茶葉官能專業鑑定人員培訓班等有趣的課程，亦有研究中國詩詞、古籍及歷史的興趣班，部分課程由台灣大學的正職教授講課。	training.dpd.ntu.edu.tw/ntu/classlist.html
師範大學	師大的語言學校很有名，想把普通話學好的人可以加入他們的華語課。 另有英語、德語、法語、西班牙語、口語及韓語等語言課程。	國語教學中心 mtc.ntnu.edu.tw/mtcweb 進修推廣學院 www.sce.ntnu.edu.tw
實踐大學	實踐大學最有名的就是設計學院，因此多媒體及平面設計、時裝造型、建築設計等相關進修課程都很值得報讀。另設有創業學習、室內設計、服裝設計、手作才藝、化妝美容、餐飲廚藝等相關領域的進修班。	eec.usc.edu.tw
文化大學	全台北中南都有分部。專業進修課程的類別眾多，除了華語學苑，還有國際語文、財務金融、企管行銷、資訊學技、藝文生活、音樂學堂、設計等類別的課程都會定期開課。	www.sce.pccu.edu.tw
大同大學	主要提供英日語、咖啡、美甲等進修課程。	ex.ttu.edu.tw
世新大學	推廣教育部設有許多生活藝能相關的短期課程。	www.soll.shu.edu.tw
淡江大學	成人教育部主要開辦華語、日語、英語等語言課程。	www.dce.tku.edu.tw

9.2 廚藝教室

喜歡入廚的朋友，可參加烹飪班，以下介紹其中三家專門提供廚藝課程的機構。

烹飪課程機構

機構	簡介	網址
4F Cooking Home	教室地點在永康街舊公寓的四樓，提供台菜、西餐、日本及泰國料理等廚藝課程。教室的對象顧客群是「家庭主婦」。	the4fcookinghome.squarespace.com
Skills Cooking School	位於大安路某巷子地下室，由外國人教做菜，導師都是來自高級餐館的專業大廚，教授各國料理。教室的對象顧客群是「貴婦」。	www.skills.com.tw
ABC Cooking Studio	來自日本的知名廚藝教室，以會員制的方式經營。課程分為料理、麵包及甜點三種，每次上課由專人教導 1 至 4 位學員，學員都有親自實做的機會。教室的對象顧客群是「廚房新手」。	www.abc-cooking.com.tw

WEBSITE click for more

9.3 各類短期興趣班

「你知我知好學網」（uknowiknow）是一個新成立的課程網站，既提供團體課程，也有一對一的教學課程，其中有烹飪教室，亦有職場應用、網絡行銷、音樂和編劇等課程，甚至有當地人帶你參觀深山裡的村落，保證不愁寂寞，只怕你沒錢和沒時間。

在「tripadvisor」網站的「查詢」位置輸入「活動及工作坊」，再輸入「台北」，可以找到不同單位及機構舉辦的各類興趣課程。

「樂課網」與台灣多所學院及企業合作，從中可揀選合心水的增值或興趣課程。

搜尋各類興趣班

WEBSITE click for more

網站	網址
你知我知好學網	uknowiknow.com
tripadvisor	www.tripadvisor.com.tw
樂課網	www.pcstar.com.tw

9.4 文化創意產業課程

「學學文創志業」是台灣著名的文創業者育成機構，主辦課程或工作坊，推動台灣文創產業的人才發展。其總部位於內湖科技園區，課程範圍橫跨視覺藝術、文化展演、音樂及表演藝術、設計、出版、電影及廣播等類別，邀請業內傑出人士做講師，由他們和學員交流，分享業內情報。

「松山文創園區」由台北市文化基金會營運及管理，園區內經常舉辦各項文創講座、工作坊及藝文活動。

文創課程、工作坊、講座活動

WEBSITE click for more

機構	網址
學學文創志業	www.xuexue.tw
松山文創園區	www.songshanculturalpark.org

10 娛樂篇

10.1 台灣法定假期

台灣人所謂的「三節」，就是「春節」、「端午節」和「中秋節」。公司或政府機構都會趁著這三個節日向員工送禮或發放獎金。

假如台灣的放假日碰上星期六或日，均於次一個上班日補假，故此民眾經常可享連續三天的假期。

台灣法定假期一覽表

日期	節日
新曆 1 月 1 日	元旦 / 中華民國開國紀念日
農曆年最後一日	除夕
農曆正月初一至初三	春節
新曆 2 月 28 日	和平紀念日（紀念二二八事件）
新曆 4 月 4 日	兒童節（12 歲以下兒童放假一天，一般大眾不放假）
農曆四月初四或初五	清明節
新曆 5 月 1 日	國際勞動節
農曆五月初五	端午節
農曆八月十五	中秋節
新曆 10 月 10 日	雙十節

10.2 特色節慶及活動

按月份簡介特色節慶及活動

月份	節慶 / 活動
1-3 月	春節 秉承傳統文化，春節是很重要的節日，大多數店舖一直休息到年初三，只有遊客區的餐廳會照常營業。 台北國際書展 農曆新年前後也是台北國際書展舉辦的時候，愛看書的文青，不妨買張門票，到世貿中心參觀台灣的書展。 元宵 - 天燈節 每年元宵，新北市平溪都會舉辦天燈節，入夜後百燈齊飛，燎亮整片夜空。天燈節是北部的大型活動，人潮眾多，要有排隊兩個小時才能擠上公車的心理準備。 賞櫻 冬末春初，大約由 2 月下旬開始，正值武陵農場賞櫻的佳期，綿延四公里都是粉紅色的櫻花，台灣人稱其「一生要去一次的夢幻景點」。由於武陵農場賞櫻是熱門活動，每天只開放六千個入園名額，每年國光客運在淩晨開賣「台北 - 武陵一日票」，台北西站外都會有排隊的人龍，可謂一票難求。
4-6 月	客家桐花祭 踏入 4 月是桐花盛放的季節，愛賞花的人一定要瀏覽「客家桐花祭」的官方網站，參考網站上的賞花情報，選擇適合自己的步道路線，安排一趟賞桐之旅。 「客家桐花祭」網站：tung.hakka.gov.tw 探索螢光 每年 4、5 月也是螢光蟲飛舞的時候。除了日月潭的星光螢火季，在台灣各地都有螢火蟲的跡影，例如陽明山、新店和美山賞螢火蟲步道及土城桐花步道。由於賞螢是夜間活動，建議參加當地舉辦的賞螢團，跟著導遊深入秘境探索螢光。 墾丁春浪 愛好往海邊跑的青年，不容錯過 4 月的墾丁春浪，眾多知名歌手都會參加這場在海邊舉辦的音樂節，門票很早就會被搶購一空。 福隆國際沙雕藝術季 到了 5 月，只要乘火車到新北市的福隆站，前往海灘，眼前都是沙雕作品，這就是福隆國際沙雕藝術季。

月份	節慶 / 活動
7-9 月	貢寮國際海洋音樂祭 到了夏天，要去海邊，台北市附近較好的海灘就是福隆海灘。每年 7 月，貢寮國際海洋音樂祭都會在這個沙灘上搭起表演場地，自 2000 年舉辦至今，這個音樂節已經是人人皆知的盛事。 台灣國際熱氣球嘉年華 每年 7 月至 8 月，也是台灣國際熱氣球嘉年華舉辦的時候，在台東鹿野高台上，一個個巨大的熱氣球升空飄浮。不過熱氣球能否順利升空，和天氣狀況有很大的關係，如果想乘搭熱氣球來一趟升空體驗，就要密切注意天氣報告。 泳渡日月潭 很多人都説，泳渡日月潭是台灣人一生要做過的事之一。每年 9 月，南投縣都會舉辦泳渡日月潭這項歷史悠久的盛會，國內外游泳好手都可在網上報名參加。 中元節 中元節（香港人俗稱「鬼節」）是台灣最富特色的節慶之一，台北周邊的基隆市都會舉辦雞籠中元祭，由農曆七月一日開始，為期一個月，呈現傳統廟宇文化張燈結彩、香火鼎盛的一面。
10-12 月	賞楓 一年四季，陽明山都是賞花的好地方，冷鋒一到，滿山紅葉的景觀引來上山的人潮。這時候的清境農場、阿里山和日月潭都變成了賞楓的勝地，可是近年天氣反常，遊客應該先透過「台灣紅葉最前線」這樣的網站來了解賞楓情報。 「台灣紅葉最前線」資訊網站：www.citytalk.tw/sevent/maple2015 馬拉松 對喜歡跑馬拉松的人來説，台灣一年四季都有賽事，台北渣打馬拉松和太魯閣峽谷馬拉松活動都是冬季的盛事。任何有關馬拉松的資訊，都可以上「中華民國路跑協會」的網站查詢及報名。 「中華民國路跑協會」資訊網站：www.sportsnet.org.tw 泡湯 如果你只想怠惰度日，或者你很怕冷，到了冬天就非泡湯不可。關於溫泉的情報，都可以在「台北溫泉美食嘉年華」的網站找得到。 「台北溫泉美食嘉年華」資訊網站：www.taiwanhotspring.net 跨年晚會 香港人習慣説的「倒數」，台灣人就叫「跨年」，每年的除夕夜，台灣各地都會有熱鬧的跨年晚會，由大明星壓台坐鎮。「台北 101 跨年煙火」是世上首創的摩天大樓式煙火，屆時台北 101 大樓周邊都會封路，只要你站在看得見 101 大樓的地方，都看得見燦爛的煙火。

10.3 各類消閒活動簡介

種類	活動
電影院	各大電影院線 在台灣看電影可在各大便利店購票。 台北市各大電影院線及其地區分布如下： 。威秀影城：信義區、台北車站京站、西門町、板橋大遠百 。國賓影城：西門町、微風廣場 。美麗華大直影城：美麗華商場 。華威影城：天母 文藝片電影院 專門播放文藝片的電影院： 。光點台北 。光點華山電影館 。松山菸廠－誠品電影院 包房看電影 如有興趣約同朋友一起包房看電影，台北設有「U2 電影館」，各地區皆有分店。 「U2 電影館」資訊網站：www.u2mtv.com
展覽場地 / 文化創意園區 / 藝術村	展覽 台北故宮、台北歷史博物館、國立中正紀念堂、台北美術館、台北科學教育館都會定期舉辦展覽，一般門票都可在便利店購買。 「城市通」網站可獲知展覽情報：www.citytalk.tw 文創園區 由於旅遊書的介紹和地點方便，香港人大都聽過「華山 1914 文創園區」和「松山文創園區」，這兩個文化園區的展覽都偏向商業化，普羅大眾亦會比較感興趣。 藝術村 如果想直接接觸台灣的藝術家，不妨到一趟「台北國際藝術村」或「寶藏巖國際藝術村」。眾所周知，藝術家都有點懶，能不能遇上駐村的藝術家都要講運氣，建議在周末下午過去比較好。 「台北國際藝術村」及「寶藏巖國際藝術村」網站：www.artistvillage.org
漫畫茶座	台灣的漫畫茶座通常是按本計費，顧客可以選擇在店內閱讀或借走，後者的費用較貴。以台灣連鎖經營的「花碟租書店」為例，租書價格都是書本定價的 1/10，譬如定價 NTD100 的漫畫租金就是 NTD10。

種類	活動
保齡球館	「太魯閣 TAROKO SPORTS」內的保齡球館設有合成纖維球道、夜光球道、兒童專用防洗溝球道、AMF 3D 動畫計分系統、42 吋液晶電視計分顯示器、球鞋專用殺菌紫光燈。 「太魯閣 TAROKO SPORTS」資訊網站：bowling.trk.com.tw
田徑場 / 體育館	田徑場 台北市內最大的田徑場在南京東路的小巨蛋附近。此外，幾乎所有中學及小學的田徑場亦會在假日及晚間開放，民眾都可以自由使用。 體育館 和香港一樣，台灣各區皆有體育館，民眾都可以預約使用。 「台北市政府體育局」網站：sports.gov.taipei
馬拉松	台灣流行路跑及馬拉松，每個月都有比賽。以下網站提供台灣當地的馬拉松情報： 「中華民國路跑協會」資訊網站：www.sportsnet.org.tw 「跑者廣場」資訊網站：www.taipeimarathon.org.tw 「活動咖」資訊網站：www.eventpal.com.tw
單車徑	單車徑 基隆河沿岸的河濱公園設有單車徑，幾乎只要是基隆河經過的地方，都會有單車徑道相通。不少河濱公園都會有單車租借站，可以租借調整變速的單車，部分租借站更提供雙人單車。台北市各大旅遊資訊中心都有提供單車徑的路線圖，我個人最推薦「關渡水岸公園至淡水」的一段路徑。 台北市河濱自行車租借站位置 。關渡站：關渡河濱公園與捷運關渡站之間有接駁車，或步行15 分鐘。 。大佳站：可乘棕 16、72 號、222 號或 527 號至河濱公園大佳段站。 。美堤站：捷運劍南路站下車後，往堤頂大道方向走，通過水門即可進入美堤河濱公園。 。景福站：捷運公館站 4 號出口，步行 10 分鐘。 。大稻埕站：由捷運雙連站出發，轉乘紅 33 於大稻埕碼頭站下車即可抵達。 。木柵站：由捷運動物園站出發，出站後越過對面馬路，租借站就在一大片停車場之中。 「台北市河濱自行車租借站」資訊網站：www.ukan.com.tw
野餐	野餐是近年興起的活動，「Travel & Living Channel」旅遊生活頻道（簡稱「TLC」）不定期都會舉辦野餐日，台北也有個「台北野餐俱樂部」。 「台北野餐俱樂部」資訊網站：picnicism.com
露營	即使台北市是大城市，郊區也是近在咫尺，露營設施相當完善。 「露營樂」資訊網站：www.easycamp.com.tw

種類	活動
挑戰運動 / 體驗班	各類挑戰運動 台灣的自然資源豐富，常見的戶外挑戰運動有潛水、騎馬、滑翔傘、高空彈跳等等。但這類活動始終有意外的風險，如果不想太過冒險，則可選擇攀樹、攀岩、溯溪、打獵、衝浪、獨木舟這種活動。 。攀岩 「內湖攀岩館」是全台頂級的國際標準攀岩場，岩館分為室內抱石區與室外上攀區。 「內湖攀岩館」資訊網站：outdoor-taiwan.com/rock_center 。滑板 / 極限運動 「台北市極限運動訓練中心」設有水泥公園、滑板水泥場專區、重量訓練室及攀岩場。 「台北市極限運動訓練中心」資訊網站： iplay.sa.gov.tw/GymInfo/Index/11881 。卡丁車（小型賽車） 喜歡追求競速性的刺激快感，可嘗試小型賽車玩意。 「太魯閣卡丁車場」資訊網站：karting.trk.com.tw 「鉅豐卡丁車賽車場」資訊網站：gokart.incdoor.com 體驗式活動 「Niceday 玩體驗」是一個綜合性活動訂位網站，由個人或團體舉辦體驗班或導遊服務。此外，還有密室脫逃、槍戰、學種菜、吹玻璃、釀啤酒、玩樂廚房等體驗活動。 「Niceday 玩體驗」資訊網站：play.niceday.tw
泡溫泉	北部主要溫泉區： 。北投溫泉：屬於台北市範圍，捷運可達。 。烏來溫泉：新北市烏來區，台北車站有專線客運巴士前往。 。金山溫泉：新北市萬里區，鄰近基隆市，交通略為不便。 。礁溪溫泉：位於宜蘭縣，由台北市乘火車到礁溪站可達。泉質屬於碳酸泉，色清無臭。
觀光農場 / 工廠	全台各地都有觀光農場，亦有開放給大眾的觀光工廠。 「台灣休閒農業發展協會」資訊網站：www.taiwanfarm.org.tw 「觀光工廠自在遊」資訊網站：taiwanplace21.org.tw
品茗	貓空 「貓空」以文山包種茶及鐵觀音名傳遐邇，山上有眾多茶藝館，就算你對茶藝一竅不通，也可請店裡的服務員講解茶具的使用方法。 「貓空纜車」資訊網站：www.gondola.taipei 台北找茶園 除此之外，南港也有「台北找茶園－南港茶葉製造示範場」，都是品茗的好去處。 「台北找茶園」資訊網站：www.taipeitea.com.tw

(1) 台灣人常用生活用語

台灣 vs 香港常用語對照

台灣	香港	台灣	香港
鳳梨	菠蘿	歐巴桑	老大媽
芭樂	番石榴	雞婆	八婆
花枝	墨魚	奧客	態度惡劣的客人
鮪魚	吞拿魚	宅男	毒男
鮭魚	三文魚	正妹	美女
仙草	涼粉	水水	靚女
馬鈴薯	薯仔	把妹	撩女仔
地瓜	番薯	劈腿	有外遇
粿條	河粉	網咖	網吧
冬粉	粉絲	古早	傳統
花椰菜	西蘭花	超夯	很熱門
洋芋片	薯片	哈拉	吹水
QQ的	彈牙、有咬口	好康	著數
寶特瓶	礦泉水瓶	有梗	有笑點
吃到飽	自助餐	沒差	沒所謂
便當	飯盒	破表	爆燈
衛生紙	廁紙	小黃	的士
小朋友	新台幣 NTD1000	運將	司機
踹共	出來講清楚	警衛	看更
魯蛇	loser、失敗者	機車	婆媽
GG	玩完	鄉民	愛湊熱鬧

(2) 兌換台幣方法

以下介紹到埗後兌換台幣的方法。

在台灣兌換台幣

方法	詳情
1) 機場找換店	台北桃園機場的入境大堂設有三間找換店，分別屬於台北銀行及兆豐銀行，一間在閘內，兩間在出閘後，三間找換店的匯率都是一樣的。
2) 台灣當地銀行	當地不同的銀行都有不同的匯率，而且不是每家都有提供兌換服務，有些或要收取手續費，兌換前請先查詢清楚。要留心台灣銀行下午 3:30 pm便關門，周末不營業，也要帶備護照、入出境許可證或居留證辦理，
3) 台灣當地郵局	提供兌換服務的郵局位置，可瀏覽：「中華郵政網站」（www.post.gov.tw）>「查詢專區」>「外幣現鈔及旅支經辦局」，不用收取手續費，要帶備護照、入出境許可證或居留證辦理，
4) 百貨公司服務櫃檯	可到大型百貨公司的服務櫃檯兌換，如新光三越、SOGO 等，或須收取手續費，也請帶備護照、入出境許可證或居留證辦理。
5) 台灣 ATM 提款	離港前，直接到銀行分行或在 ATM 啟動海外提款服務，便可以在台灣的 ATM 提款。現時台灣的 ATM 都支援「銀聯卡」系統，如果提款卡是這個系統，提款時要記得選擇「銀聯卡」。如果有使用網上理財服務，亦可在網上啟動海外提款服務。（注意：須付港幣 $15 至 $25 的手續費，每日有最高提款限額。）
6) 直接用信用卡消費	台灣大部分商店都接受信用卡消費。刷卡時，有時會要求卡主選擇以「港幣」或「台幣」支付，這時候務必要選擇「台幣」，這樣就可以減免台灣金融機構那邊收取的服務費，匯率亦比較優惠。

* 以上各項方法，以 5）及 6）的匯率最實惠。就算用銀行卡提款要支付手續費，亦比在找換店兌換划算得多。

(3) 往來機場辦法

由桃園國際機場往返台北市，可乘搭客運巴士，但車程較久。自從2017 年 3 月 2 日桃園機場捷運正式通車後，旅客現可乘搭捷運，直達車約三十七分鐘便可抵達台北。如有幾位朋友同行，也可考慮乘搭計程車。

由桃園機場往返台北市

方法	詳情
1) 國光客運	在桃園國際機場航廈的「國光客運」櫃位，購買「1819線」巴士車票，即可前往候車區上車往台北市。（注意：由台北市往返桃園國際機場，由 2016 年 10 月 30 日起，客運總站已遷至台北車站東三門位置。） 票價：NTD125 班次：15-20 分鐘 全車程：55 分鐘 服務時間：24 小時
2) 機場捷運	藍色線為普通車：停靠桃園捷運沿線各站（共21個站）；紫色線為直達車，沿途只停靠 5 個車站（即 A1 台北車站、A3 新北產業園區站、A8 長庚醫院站、A12 機場第一航廈站、A13 機場第二航廈站）。 票價：NTD160 班次：7.5 分鐘（普通車、直達車交錯發車） 全車程：普通車：約 50 分鐘、直達車：約 37 分鐘 服務時間：6:00-23:00 預辦登機：6:00-21:30（須於航班起飛 180 分鐘前完成辦理）
3) 計程車	計程車的乘車位置，在台灣桃園國際機場第一航廈入境大廳一樓西側 12 號門及第二航廈入境大廳一樓西側 26 號門對面車道。 車資：約 NTD1,200 全車程：約 45 分鐘 服務時間：24 小時

（4）由台北前往其他縣市

台北市交通四通八達，除了旅居台北，到了周末還可以計劃來個小旅行，到台灣其他地方走走逛逛。

從台北出發

前往	交通
去宜蘭	客運：乘搭葛瑪蘭客運（1915 線），從台北轉運站至宜蘭，約 85 分鐘。 台鐵：乘搭北迴線鐵路，從台北站下行至礁溪站，約 1 小時 30 分鐘。
去花蓮	客運：乘搭葛瑪蘭客運（1917 線），從台北轉運站至羅東，約 70 分鐘；再轉搭火車到花蓮，約 2 小時 50 分鐘。
去台東	台鐵：由台北站至台東站，搭乘自強號，約 3 小時 30 分鐘。 飛機：於松山機場搭乘華信或立榮航空，約 50 分鐘即可抵達。
去台中	客運：乘搭統聯客運（1619 或 1620 線），從台北轉運站至台中車站下客站，約 3 小時 30 分鐘。 台鐵：由台北站至台中站，搭乘自強號，約 2 小 15 分鐘。 高鐵：由台北站至台中站，約 1 小時。
去台南	客運：乘搭統聯客運（1611 線），從台北轉運站至兵工廠下客站，約 4 小時 30 分鐘。 台鐵：由台北站至台中站，搭乘自強號，約 3 小時 30 分鐘。 高鐵：由台北站至台南站，約 2 小時。
去高雄	客運：乘搭統聯客運（1610 線），從台北轉運站至高雄火車站，約 4 小時 30 分鐘；乘搭國光客運（1838 線），從台北轉運站至高雄站，約 5 小時。 台鐵：由台北站至高雄站，搭乘自強號，約 4 小時。 高鐵：由台北站至高雄站，約 2 小時。
去墾丁	高鐵：由台北站至左營站，約 1 小時 40 分鐘，然後轉搭中南、國光、屏東或高雄四家客運的「墾丁快線」，約 2 小時。 台鐵：由台北站至高雄站，搭乘自強號，約 4 小時，再往高雄客運高雄站搭乘墾丁列車，約 3 小時。 飛機：乘搭立榮航空，從台北松山機場直飛恆春，約 1 小時，然後轉搭往墾丁的客運，約 20 分鐘。
去澎湖	飛機：乘搭立榮、華信或遠東航空，從台北松山機場直飛澎湖馬公機場，約 45 分鐘。

（5）緊急 / 熱線電話

身在台灣而遇上緊急狀況，可按需要而聯絡相關單位以求助。

台灣緊急情況 / 有用熱線電話

號碼	使用說明
110	發生罪案、交通事故、或其他需警察協助事項時使用。
119	發生火警、人員傷亡意外事故、或其他急難情事需緊急救援時使用。
166	天氣預報
1999	市民當家熱線（一般市政投訴、噪音投訴、檢舉道路違例停車、查詢公車動態等服務）
1950	消費者服務專線
0800-024-111	外地人在台生活服務諮詢熱線
+852 1868	香港特別行政區政府入境事務處 - 協助在外香港居民小組（24 小時求助熱線 ）

TIPS 打台灣電話方法

固網：02-8765-4321 〔同一縣市內互打則不用加區號 e.g.「02」〕
手機：0987-654-321 〔本地打要加「0」〕
海外打去台灣固網：+886+2+8765-4321〔外地打去台灣可省去「0」〕
海外打去台灣手機：+886+987-654-321〔外地打去台灣可省去「0」〕

台灣各區電話區號

地區 - 電話區號	地區 - 電話區號	地區 - 電話區號	地區 - 電話區號
台北 - 02	中興新村 - 049	霧峰 - 043	北港 - 053
基隆 - 032	竹東 - 036	埔裏 - 049	嘉義 - 052
大溪 - 033	羅東 - 039	梨山 - 045	新營 - 066
瑞芳 - 032	苗栗 - 037	花蓮 -038	善化 - 064
桃園 - 033	日南 - 046	烏日 - 043	台南 - 062
湖口 - 036	大甲 - 046	員林 - 048	台東 - 089
竹北 - 035	蘇澳 - 039	永靖 - 048	岡山 - 07
新竹 - 035	清水 - 046	日月潭 - 049	旗山 - 07
竹南 - 036	沙鹿 - 046	南投 - 049	鳳山 - 07
鶯歌 - 033	大肚 - 046	社頭 - 048	屏東 - 087
中壢 - 034	彰化 - 047	虎尾 - 056	潮州 - 087
礁溪 - 039	鹿港 - 047	田中 - 048	東港 - 088
宜蘭 - 039	後裏 - 045	門六 - 055	楠梓 - 07
九曲堂 - 07	豐原 - 045	大林 - 052	左營 - 07
澎湖 - 069	台中 - 042	民雄 - 052	高雄 - 07

旅居台北 簡明天書

EASY PLANNER: SOJOURN IN TAIPEI

主　　編 — 天航
封面照片 — Eugenia Lo
內文圖片 — 曾元濃 (p.20 台北捷運路網圖〔同心圓版〕)
設　　計 — 安、阿丁
編　　輯 — 阿丁
出　　版 — 格子盒作室 gezi workstation
香港中環皇后大道中 70 號卡佛大廈 1104 室
電郵：gezi.workstation@gmail.com
臉書：{格子盒作室 gezi workstation}
發　　行 — 一代匯集
九龍旺角塘尾道 64 號龍駒企業大廈 10B&D 室
電話：2783-8102
傳真：2396-0050
承　　印 — 美雅印刷製本有限公司
出版日期 — 二〇一七年六月（初版）
I S B N — 978-988-78039-1-1

本小冊子內容力保準確無誤，但政府政策或許隨時更新，請務必自行留意當局訊息，或直接向當局查詢。

生存在地球上始終會有危險，在外遊期間更要格外慎重，並遵守當地法律，切勿鋌而走險做傻事。

{格子盒作室 gezi workstation}

Published & Printed in Hong Kong

本書如有缺頁、倒裝，請寄到以下地址替換：
香港中環皇后大道中 70 號卡佛大廈 1104 室「格子盒作室」收

{**移民台北**前必讀之**旅居台北**提案手冊}

證件申領 / 寓所租賃 / 交通設施 / 通訊網絡
醫療設備 / 生活日常 / 遊學點子 / 購物娛樂

ISBN 978-988-78039-1

定價港幣 $48
Published & Printed in Hong Kong
建議陳列書區：旅遊指南

目錄

旅居台北簡明天書

EASY PLANNER: SOJOURN IN TAIPEI

天航 主編